文春文庫

秋山久蔵御用控

隠し金

藤井邦夫

文藝春秋

目次

「秋山久蔵御用控」江戸略地図

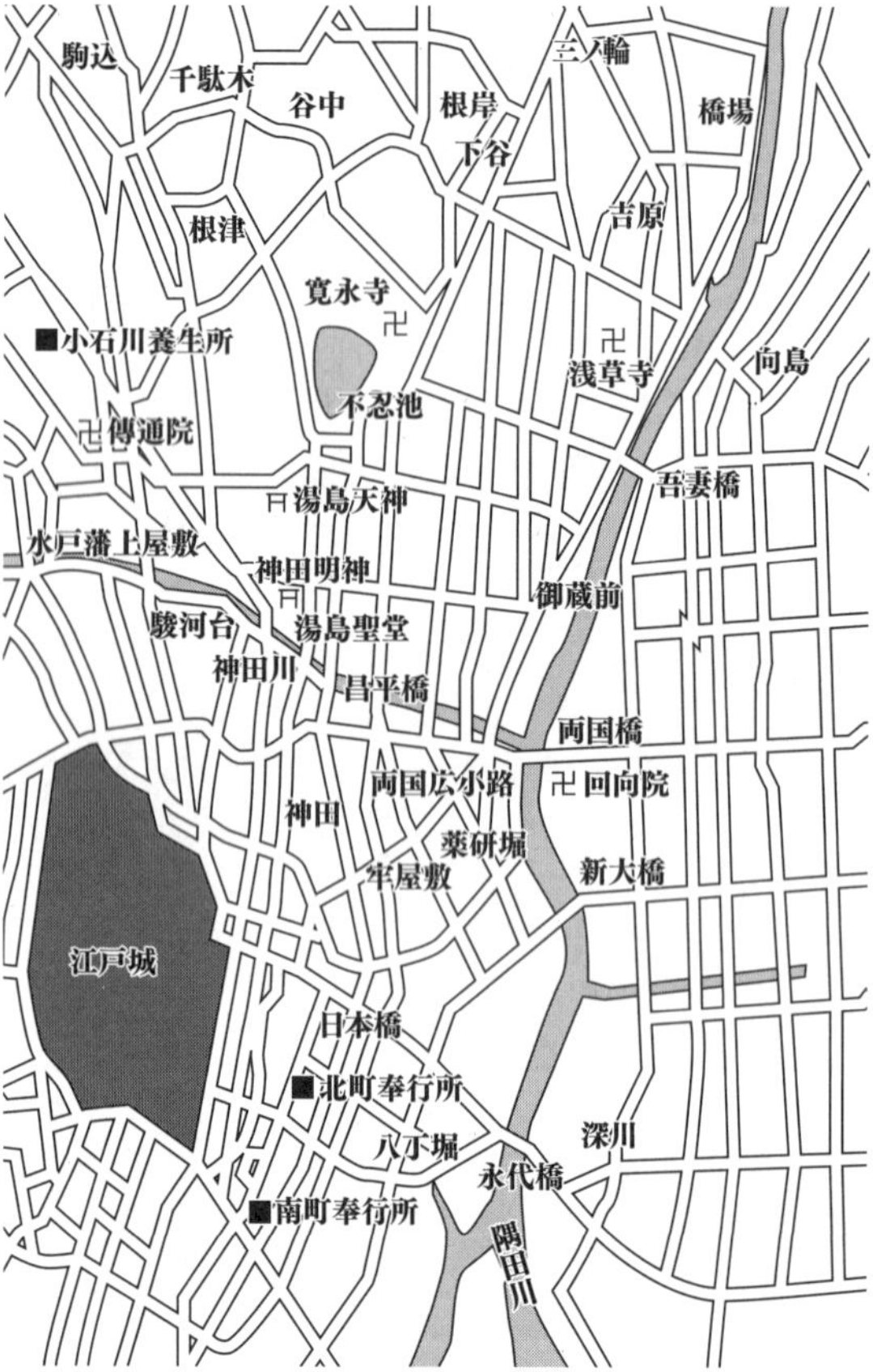

実際の縮尺とは異なります

日本橋を南に渡り、日本橋通りを進むと京橋に出る。京橋は八丁堀に架かっており、尚も南に新両替町、銀座町と進み、四丁目の角を右手に曲がると外堀の数寄屋河岸に出る。そこに架かっているのが数寄屋橋御門であり、渡ると南町奉行所があった。南町奉行所には〝剃刀久蔵〟と呼ばれ、悪人を震え上がらせる一人の与力がいた……。

秋山久蔵御用控・登場人物

秋山久蔵（あきやまきゅうぞう）

南町奉行所吟味方与力。〝剃刀久蔵〟と称され、悪人たちに恐れられている。何者にも媚びへつらわず、自分のやり方で正義を貫く。「町奉行所の役人は、お奉行の為に働いてるんじゃねえ、江戸八百八町で真面目に暮らしてる庶民の為に働いているんだ。違うかい」（久蔵の言葉）。心形刀流の使い手。普段は温和な人物だが、悪党に対しては、情け無用の冷酷さを秘めている。

弥平次（やへいじ）

柳橋の弥平次。秋山久蔵から手札を貰う岡っ引。柳橋の船宿『笹舟』の主人でもある。〝柳橋の親分〟と呼ばれる。若い頃は、江戸の裏社会に通じた遊び人。

神崎和馬（かんざきかずま）
南町奉行所定町廻り同心。秋山久蔵の部下。二十歳過ぎの若者。

稲垣源十郎（いながきげんじゅうろう）
南町奉行所定町廻り筆頭同心。

蛭子市兵衛（えびすいちべえ）
南町奉行所臨時廻り同心。久蔵からその探索能力を高く評価されている人物。妻が下男と逃げてから他人との接触を出来るだけ断っている。爪作りの名人で爪職人として生きていけるほどの腕前。

白縫半兵衛（しらぬいはんべえ）
北町奉行所の老練な臨時廻り同心。〝知らぬ顔の半兵衛さん〟と称される。〝南の久蔵〟〝北の半兵衛〟とも呼ばれ、一目置かれる人物。

香織（かおり）
久蔵の後添え。亡き妻・雪乃の妹。

与平、お福（よへい、おふく）
親の代からの秋山家の奉公人。

幸吉（こうきち）
弥平次の下っ引。

寅吉、雲海坊、由松、勇次、長八（とらきち、うんかいぼう、よしまつ、ゆうじ、ちょうはち）
鋳掛屋の寅吉、托鉢坊主の雲海坊、しゃぼん玉売りの由松、船頭の勇次。弥平次の手先として働くものたち。長八は手先から外れ、蕎麦屋を営んでいる。

伝八（でんぱち）
船頭。『笹舟』一番の手練。

おまき
弥平次の女房。『笹舟』の女将。
お糸（おいと）
弥平次、おまき夫婦の養女。

秋山久蔵御用控

隠し金

第一話

隠し金

一

皐月《さつき》——五月。
二十八日は大川の川開きであり、両国では盛大に花火が打ち上げられる。大川での納涼は、五月二十八日から八月二十八日までの三ヶ月間とされていた。

大輪の花火は夜空に華やかに咲く。

南町奉行所吟味方与力《ぎんみがたよりき》・秋山久蔵《あきやまきゅうぞう》は、妻の香織《かおり》と奉公人の与平《よへい》・お福《ふく》夫婦を伴って屋根船から眺めていた。

花火は次々に打ち上げられた。

香織と与平・お福夫婦は、花火を見上げて手を打って歓声をあげた。

久蔵は手酌で酒を飲んだ。

大川には花火見物の舟がのんびりと行き交い、流れには鮮やかな花火が映っては消えた。

卯《う》の刻六つ半（午前七時）。

八丁堀岡崎町《はっちょうぼりおかざきちょう》にある秋山屋敷の表は、与平によって綺麗に掃除されていた。

お福はふくよかな身体を揺らして現れ、門内の腰掛で煙管《きせる》をくゆらせている与平に声を掛けた。

「お前さん、春吉《はるきち》ちゃん、まだ来ないのかい」

「ああ。まだ来ねえな」

「もう、とっくに来てもいいのに。どうしたのかねえ」

春吉は、秋山家の朝餉《あさげ》の味噌汁《みそしる》に欠かせない蜆《しじみ》を売り歩いている少年だ。

「うん。どうしたのかな……」

「来たら台所に通して下さいな」

お福は、与平に頼んで台所に戻った。

与平は煙草盆《たばこぼん》に煙管を叩き、表門の外に出て八丁堀の方を眺めた。

南町奉行所定町廻《じょうまちまわ》り同心の神崎和馬《かんざきかずま》が、血相を変えて長い脛《すね》を伸ばして走って来た。

「こいつは和馬さま。朝っぱらからどうしました」

与平は眉をひそめた。

「与平、秋山さまは起きていらっしゃるか」

和馬は息を鳴らした。

「へい。そりゃあもう……」

「取り次いでくれ」

「へ、へい……」

与平は、慌てて屋敷内に駆け込んだ。


秋山久蔵は、香織の持って来た水を飲む和馬を見守った。

和馬は、湯呑茶碗の水を飲み干して息をついた。

香織は、空になった湯呑茶碗を片付け、湯気の昇る茶を和馬に差し出した。

「どうぞ……」

「ご造作をお掛けします」

「さあて、どうした」

久蔵は、和馬が落ち着いたのを見計らって尋ねた。

「はい。八丁堀の中ノ橋の橋脚に蜆売りの春吉の死体が……」

香織が息を飲んだ。

「和馬、春吉に間違いねえのか」

久蔵は、厳しい面持ちで和馬を見据えた。

「はい。引き上げて顔を確かめました」

蜆売りの春吉は、秋山家だけではなく八丁堀御組屋敷街の家に出入りしており、
皆に可愛がられていた。

「よし。行ってみよう」

久蔵は立ち上がった。


八丁堀に架かる中ノ橋には、近くに住む者たちが集まっていた。

蜆売りの春吉は、背中を袈裟懸《けさが》けに斬られていた。

「袈裟懸けの一太刀《ひとたち》です……」

和馬は悔しげに告げた。

「ああ。この斬り口、侍の仕業《しわざ》だな」

「はい……」

久蔵は睨《にら》んだ。

「春吉、斬られて八丁堀に落ちたか、投げ込まれたか……」

久蔵は、春吉の子供っぽさを残した死に顔が哀しかった。

春吉は、築地船松町《つきじふなまつちょう》に住む十三歳の少年だった。漁師だった父親は漁に出ていて嵐に遭って死に、母親と弟の三人で暮らしていた。

春吉は、母親を助けて朝は蜆を売り、昼間は米屋の手伝いをしていた。元気が良く、銭の計算も達者な春吉は、町のお店《たな》の看板の字で読み書きを学んでいた。

「威勢のいい賢い子でしたね」

和馬は鼻水を啜《すす》った。

「ああ。おっ母《か》さんには報《しら》せたのか」

「はい。自身番の者を走らせました」

「そうか……」

「春吉、何かを見たんですかね」

「何を見たってまだ十三歳の子供だ。そいつを無残に斬った外道《げどう》。決して許しはしねえ」

久蔵は、静かに言い放った。

「和馬の旦那……」

岡っ引・柳橋《やなぎばし》の弥平次《やへいじ》の下っ引を務める幸吉《こうきち》が駆け寄って来た。

「こりゃあ秋山さま……」

幸吉は、久蔵に頭を下げた。

「幸吉、殺しの現場、分かったか」

「はい。真福寺橋《しんぷくじばし》の袂《たもと》に蜆が散り、籠《かご》や天秤《てんびん》が落ちていました」

「よし。秋山さま……」

「ああ」

和馬は、久蔵に一礼して幸吉と真福寺橋に走った。

真福寺橋は、三十間堀《さんじっけんぼり》と八丁堀が交差する処に架かっている。おそらく春吉は、真福寺橋の袂で袈裟懸けに斬られ、三十間堀に落ちて八丁堀に流されたのだ。

久蔵は、真福寺橋を思い描いた。

中年の女と八歳ほどの男の子が、自身番の番人に案内されて駆け付けて来た。

「春吉、春吉ぃ……」

中年の女は、春吉の死に顔を見つめて叫び、縋《すが》り付いた。

「兄ちゃん……」

八歳ほどの男の子も、死体に縋り付いて泣き出した。

春吉の母親のおつると弟の安吉《やすきち》だった。

久蔵は痛ましく見守った。

「お早うございます。秋山さま……」

おつると安吉たちの後から来た男が、久蔵に遠慮がちな声を掛けた。

「おう、半次《はんじ》か……」

本湊《ほんみなと》の半次は、北町奉行所臨時廻り同心の白縫半兵衛《しらぬいはんべえ》に手札を貰っている岡っ引だ。久蔵とも何度か一緒に探索をしている仲だった。

「はい。半兵衛の旦那のお屋敷に行く途中、出逢いまして……」

月番は南町奉行所であり、半兵衛の北町奉行所ではない。だからといって半兵衛たちが休みのはずもない。

「そうか、半次の住まいは本湊だったたな」

本湊町と、春吉の暮らす船松町は隣町だ。

「はい……」

久蔵は、半次に春吉との関わりと事件の睨みを教えた。

「そうでしたか……」

「ところで半次。もし、半兵衛の方が忙しくなきゃあ、こいつで春吉を懇《ねんご》ろに弔《とむら》ってやっちゃあくれねえか」

久蔵は、二枚の小判を差し出した。

「隣町のよしみです。お任せ下さい」

半次は、久蔵の頼みを引き受けた。

「それから、おっ母さんと弟の様子をしばらく見守ってやってくれねえか」

春吉斬殺の真相がはっきりするまで何が起こるか分からない。ひょっとしたら、母親と弟も狙われる事もあり得る。

久蔵は懸念《けねん》をみせた。

「承知しました」

半次は、久蔵の懸念を察して頷《うなず》いた。

久蔵は、現場を仕切っている同心と町役人《ちょうやくにん》に半次を引き合わせ、春吉の死体の引き取りを許した。

蜆は散らばり、泥まみれになっていた。

三十間堀真福寺橋では、岡っ引の柳橋の弥平次が手先の勇次《ゆうじ》と周囲を調べていた。

「親分……」

和馬と幸吉は、弾正橋《だんじょうばし》から白魚橋《しらうおばし》を渡って真福寺橋に来た。

「お早うございます。和馬の旦那……」

弥平次は和馬を迎えた。

「ここか……」

「ええ。間違いないでしょう」

弥平次は、真福寺橋の袂に集められている籠と天秤、泥まみれになっている蜆を示した。和馬は、蜆の一つを拾って泥を拭った。蜆はまだ生きていた。

おいらの蜆は生きがいいんだ……。

和馬は、威勢良く蜆を売る春吉を思い出した。

「生きがいいか……」

和馬は、蜆を草の葉に包み、手拭の間に挟んで懐《ふところ》に入れた。

「旦那……」

「それで親分、下手人《げしゅにん》を見た者か、何か手掛かりになるような物は見つかったかい」

「雲海坊《うんかいぼう》と由松《よしまつ》が、下手人を見た者を探していますがまだ。それから手掛かりになるのかどうかはまだ分かりませんが、勇次が橋の袂でこんな物を見つけました」

　弥平次は、鯨《くじら》の骨で作られた小さな猿《さる》の彫物《ほりもの》を見せた。猿は口を押さえており、根付《ねつけ》のようだった。

「根付かな……」

　和馬は眉をひそめた。

「ええ。三猿の云《い》わ猿ですね」

　三猿とは、両目、両耳、口を手で覆《おお》った三匹の猿をいった。所謂《いわゆる》〝見猿、聞か猿、云わ猿〟の事である。

　弥平次は、云わ猿の根付の底を見た。云わ猿の底には小さな穴が彫られていた。

「何か入れてあったんですかね」

「うん。きっとな……」

　真福寺橋の周りは、水谷町《みずたにちょう》や大富町《おおとみちょう》の町家が続き、背後に木挽町《こびきちょう》の大名屋敷が連なっている。

　和馬と弥平次たちは、真福寺橋を中心にして探索を続けた。

　南町奉行所の甍《いらか》は朝の日差しに輝いていた。

久蔵は、臨時廻り同心の蛭子《えびす》市兵衛《いちべえ》を呼んだ。

「蜆売りの春吉の件ですか……」

「ああ。三十間堀の真福寺橋の辺りで斬られたらしいのだが、近頃、何か変わった事はなかったかい」

「真福寺橋の界隈《かいわい》にですか……」

「ああ……」

「別にこれといった事は聞いておりませんが、界隈には大名屋敷も多く、秘密裏に始末されているかも知れませぬ」

市兵衛は睨んだ。

「大名屋敷か……」

春吉は、大名屋敷の見られては困る不都合な事と遭遇し、口封じに斬られたのかも知れない。

あり得る話だ……。

久蔵は、市兵衛の睨みに頷いた。

「探りを入れてみますか……」

市兵衛は、鋭い眼差しを久蔵に向けた。

「頼む……」

久蔵は頷いた。

庭先には初夏の日差しが煌《きら》めいていた。


三十間堀は南の汐留川《しおどめがわ》から北の八丁堀の間を流れており、左右の岸辺には三十間堀町と木挽町の町並みが続いている。

托鉢坊主《たくはつぼうず》の雲海坊としゃぼん玉売りの由松は、一帯に聞き込みを掛けて不審者を見掛けた者を探した。

蜆売りの春吉の朝は早い。凶行はおそらく寅の刻七つ（午前四時）前後だと思われた。雲海坊と由松は、聞き込みを続けた。


弥平次は、勇次を従えて〝云わ猿〟の根付の出処《でどころ》を追った。

和馬と幸吉は、春吉の足取りを追う為に船松町に急いだ。

船松町には佃島《つくだじま》と石川島《いしかわじま》へ結ぶ渡し舟の渡し場がある。春吉が母親や弟と暮らしていた椿長屋《つばきながや》は、その渡し場の近くにあった。

椿長屋の木戸口には、長屋の呼び名の元となった椿の古木が一本あった。

和馬と幸吉が訪れた時、椿長屋では春吉の弔いの仕度が始められていた。

「これは神崎の旦那……」

春吉の家から半次が出て来た。

「おう。本湊の親分か……」

「はい」

「半次の親分、春吉と知り合いだったんですかい」

幸吉は戸惑いを浮かべた。

「いいや。秋山さまのお指図だよ」

「秋山さまの……」

和馬は眉をひそめた。

「はい……」

半次は、久蔵に春吉の弔いを懇ろに行うように命じられたのを伝えた。

「そうか……」

「それで旦那、春吉のおっ母さんにご用ですかい」

「うん。話、出来るかな」

「はい。ようやく落ち着きました」

半次は、和馬と幸吉を母親のおつるに引き合わせた。

和馬と幸吉は、おつるに悔やみを述べて春吉の身辺と行動を尋ねた。

春吉は、夜が明けると共に蜆を仕入れに行き、八丁堀沿いの町を売り歩いていた。そして、蜆売りが終わると、昼から木挽町の米屋『吉野屋《よしのや》』で手伝いをして働いていた。

春吉は、働き者の少年だった。そこには母親の力になり、弟を育てようと働く少年の誇りがあった。

働くのが誇らしい……。

そんな春吉を、久蔵や香織たち周囲の大人は優しく見守っていた。

春吉は何の懸念も抱かず、夜明けと共に働きに出掛けていた。

その日の朝、春吉は心配や怯《おび》えも窺《うかが》わせず、威勢良く仕事に向かった。

母親のおつるは、涙ながらに告げた。

やはり、春吉が何者かに恨まれ、付け狙われていた様子はない。突然、不都合な事に出遭い、斬られたのだ。

和馬と幸吉は、母親おつるに礼を云い、春吉の遺体に線香をあげた。

「じゃあ半次の親分……」

幸吉は半次に挨拶した。

「うん。じゃあ旦那、あっしは秋山さまのお指図の通り、しばらくおっ母さんたちを見守りますので……」

「そいつは助かる。よろしく頼むぜ」

「はい……」

和馬と幸吉は、春吉が蜆を仕入れる漁師の家に向かった。

弔問客《ちようもんきやく》の少ない弔いは静かに始まった。


日本橋室町《むろまち》三丁目に飾り物屋『松田屋《まつだや》』があった。飾り物屋は、簪《かんざし》や金具、根付などの細工物を扱う店だ。

弥平次と勇次は、『松田屋』を訪れ、主《あるじ》の定吉《さだきち》に三猿の〝云わ猿〟の根付を見せた。

「鯨の云わ猿ですか……」

定吉は、鯨の骨で作られた〝云わ猿〟を手に取り、眼を細めた。

「誰が作り、誰に売ったのかを知りたいんだがね」

弥平次は、あがり框《かまち》に腰掛けて出されていた茶を啜った。

「そうですねえ。この彫り方、あまり見掛けませんねえ……」

定吉は吐息を洩《も》らした。

「分からないか……」

弥平次は眉をひそめた。

「ええ。ですが、三猿の根付は以前、下谷広小路《したやひろこうじ》の小間物屋で売っていると聞いた覚えがありますよ」

「下谷広小路の何て小間物屋ですか……」

勇次が身を乗り出した。

「確か布袋屋《ほていや》とか云いましたか、そこで聞いてみるといいですよ」

定吉は勧めた。

「布袋屋。親分……」

「ああ。旦那、ご造作をお掛けしました。早速、下谷の布袋屋に行ってみます」

弥平次は、勇次を従えて『松田屋』を出て、下谷に向かった。

南北に続く三十間堀・楓川《もみじがわ》は、東西に流れる京橋川・八丁堀と交差している。

そこの三十間堀に架かっているのが真福寺橋であり、八丁堀の流れに架かっているのが白魚橋だった。

雲海坊と由松は、春吉が斬られた真福寺橋を中心に聞き込みの範囲を広げた。

そして、白魚橋の袂にある稲荷堂《いなりどう》に物乞いがいるのを知った。

「物乞いの男……」

雲海坊は眉をひそめた。

「ええ。近頃、住み着いたそうでしてね。昼間は物乞いに出掛けていて、夜になるとお稲荷さんに戻って来ているそうですよ」

由松は、白魚橋の袂にある稲荷堂を示した。

「ひょっとしたら、春吉が斬られるのを見ているかも知れませんね」

「うん……」

雲海坊は、真福寺橋を渡って白魚橋の袂の稲荷堂に赴《おもむ》いた。由松が続いた。

小さな稲荷堂の縁の下には、数枚の筵《むしろ》と空の竹筒や飯粒のついた笹の葉があった。それは、物乞いがねぐらにしている証《あかし》である。

雲海坊は、稲荷堂の前に立って真福寺橋を振り返った。真福寺橋の袂と下野国《しもつけのくに》太田黒藩《おおたぐろはん》の江戸下屋敷が見えた。

「真福寺橋がよく見えますね」

由松は雲海坊に肩を並べた。

「ああ。春吉が斬られたのは卯の刻六つ半頃。おそらく物乞いは、まだここにいたはずだが」

「だとしたら何か見ていますね」

由松は意気込んだ。

「きっとな。それなのに何も云わず、物乞いに行った」

雲海坊は眉をひそめた。

「何か訳でもあるんですかね」

由松は首を捻った。

「ひょっとしたらな……」

雲海坊と由松は真福寺橋を眺めた。

真福寺橋には人が忙《せわ》しく行き交い、太田黒藩江戸下屋敷の潜り戸から中年武士と派手な半纏《はんてん》を着た男が出て来た。

おそらく中年武士は太田黒藩江戸下屋敷詰の藩士であり、派手な半纏を着た男は遊び人のように見えた。

藩士と遊び人風の男は真福寺橋を渡り、白魚橋の傍らを京橋に向かった。

雲海坊と由松は見送った。

遊び人風の男は、雲海坊と由松を胡散臭《うさんくさ》げに一瞥《いちべつ》して通り過ぎた。

「さあて、どうします」

「物乞いが戻って来る夜まで、辺りの聞き込みを続けるか……」

外濠《そとぼり》から続く京橋川は、白魚橋を過ぎてから八丁堀と呼ばれて江戸湊《えどみなと》に続いている。その流れは眩《まぶ》しく煌めいていた。

二

下谷広小路は賑わっていた。

小間物屋『布袋屋』は、下谷広小路を囲む上野新黒門町《うえのしんくろもんちよう》にあった。

弥平次と勇次は、〝云わ猿〟の根付を持って『布袋屋』の暖簾《のれん》を潜った。

『布袋屋』の主は、云わ猿の根付を手に取って詳しく調べた。

「ああ。こりゃあ見猿や聞か猿と組で作られた云わ猿でしてね。三つ一組で三年前に売りましたよ」

『布袋屋』の主は呆気《あっけ》なくいった。

「三年前に買ったのは何処《どこ》の誰ですか……」

「ご贔屓《ひいき》さまの、池之端《いけのはた》の料理屋千鳥《ちどり》の旦那さまにございます」

「池之端の料理屋千鳥の旦那さま……」

　弥平次は眉をひそめた。

「はい。もっとも去年の夏の暑い盛りに卒中で倒れ、そのままお亡くなりになられましたがねえ」

『布袋屋』の主は、悲しげに顔をしかめて見せた。

「去年、亡くなった……」

　弥平次は不意を突かれた。

「はい。倒れたまま一度も眼を覚まさず。ま、たとえ命が助かったとしても寝たっきりだったでしょうね」

『布袋屋』の主は冷静に分析してみせた。

　池之端の料理屋『千鳥』の主・喜左衛門《きざえもん》は三猿の根付を買い、去年の夏に卒中で死んだ。そして、料理屋『千鳥』は、主の喜左衛門の死後、店仕舞《みせじま》いをしていた。

不忍池《しのばずのいけ》には初夏の風が吹き抜けていた。

料理屋『千鳥』は、主と屋号を『葉月《はづき》』に変えて商売を続けていた。『葉月』の主は、卒中で死んだ『千鳥』の喜左衛門と面識も関わりもなかった。

喜左衛門は、小間物屋『布袋屋』から三猿の根付を買い、云わ猿は誰かの手に渡った。その誰かが、春吉が殺された真福寺橋の傍で云わ猿の根付を落とした。

そして、勇次が見つけて拾った。

弥平次は、勇次が云わ猿の根付を拾うまでを読んでみた。

不忍池を吹き抜けた風は、料理屋『葉月』の暖簾を揺らした。

弥平次は、不意に戸惑いを感じた。

「云わ猿の根付、喜左衛門から誰の手に渡ったのかですね」

勇次は吐息を洩らした。

「ああ……」

弥平次の戸惑いは、困惑になった。

「親分、どうかしましたか……」

「勇次、千鳥は何故、店仕舞いをしたと思う」

「そりゃあ、旦那の喜左衛門が死んで……」

「喜左衛門、家族はいなかったのかな」

「きっと……」

「そうかな……」

弥平次の困惑は、次第に疑惑に変わっていった。

料理屋『千鳥』の後、暖簾を掲げた『葉月』はそれなりに繁盛しているようだ。仮に家族や後を継ぐ者がいれば、『千鳥』は商売を続けていたはずだ。だが、『千鳥』は店仕舞いをした。後を継ぐ者がいなかったとしたなら、それは何故か……。

弥平次の疑惑はふくらんだ。

「何か臭うんですか」

勇次は困惑を浮かべた。

「勇次、どうも気になる。喜左衛門を詳しく調べてくれ」

弥平次は命じた。

「はい……」

勇次は頷いた。

水鳥が羽音を鳴らし、不忍池から一斉に飛び立った。

春吉の弔いは続いた。

半次は、少ない弔い客を見張り続けた。

弔い客に不審な者はいなかった。

香織とお福がやってきた。

「こりゃあ奥さま、お福さん……」

半次は、慌てて香織とお福を迎えた。

「ご苦労さまです。半次さん」

香織は半次を労《ねぎら》った。

「いいえ、とんでもありません」

半次は、春吉の母親のおつると長屋の大家を香織とお福に引き合わせた。

香織とお福は、春吉の遺体に手を合わせておつるに悔やみを述べた。

おつるは、武家の奥方の悔やみに驚き、恐縮した。

「春吉ちゃんは毎朝、うちに来てくれていましてねえ……」

香織は、浮かぶ涙を拭いながらおつるを慰めた。

「ほんとうに良い子だったのに……」

お福は、ふくよかな身体を縮め、声を忍ばせて泣いた。

半次は、久蔵一家が春吉を可愛がっていたのを目の当たりにした。

おつるは泣いた。

午後の日差しは西に傾き、長屋の表は日陰に覆われていった。


南町奉行所の用部屋に西日が差し込んだ。

「料理屋千鳥の喜左衛門か……」

久蔵は眉をひそめた。

「はい。去年の夏、卒中で死んでいますが、真福寺橋の袂に落ちていた云わ猿の根付を買った者でして……」

「じゃあ、云わ猿の根付を落としたのは、その喜左衛門と関わりのある者か……」

「そうなります。ですが今のところ、云わ猿の根付が春吉殺しに関わりがあるかどうかは分かりません」

「親分の勘はどう云っているんだい」

「私の勘は、おそらく関わりがあると……」

「だろうな……」

久蔵は笑った。

「で、どうした」

「はい。勇次が喜左衛門を調べ始めました」

弥平次は報告した。

「秋山さま……」

和馬が廊下にやって来た。

「おう。入んな」

「はい」

弥平次は脇に控えた。

「で、何か分かったか……」

「はい。春吉が家を出たのは夜明け。それから漁師の処で蜆を仕入れ、おそらく卯の刻六つ半頃、真福寺橋で斬られたと思われます」

「うむ……」

「それから、真福寺橋の斜向《はすむ》かい、白魚橋の傍にあるお稲荷堂をねぐらにしている物乞いがいるそうでしてね」

「物乞いですか……」

弥平次は眉をひそめた。

「うん。昼間は物乞いに出歩いていてな。それで雲海坊と由松が、今夜、現れるのを待って問い質《ただ》す手筈《てはず》だ」

「そうですか……」

配下の者たちは、確かな探索を地道に進めている……。

弥平次は安心した。

「よし。とにかく年端《としは》もいかねえ春吉を無残に斬った外道だ。容赦《ようしゃ》はいらねえ」

久蔵は、怒りを静かにたぎらせた。


月明かりは三十間堀の流れに揺れていた。

雲海坊と由松は、真福寺橋の傍の居酒屋で時を過ごした。二人は僅かな酒で腹ごしらえをし、交代で窓の外を窺った。

三十間堀沿いの道を行き交う人は夜更けと共に減り、白魚橋の傍の稲荷堂に物乞いは戻って来はしなかった。

時は流れた。

雲海坊と由松は、居酒屋の親父に小粒を握らせて見張りを続けた。

「雲海坊の兄貴……」

由松は、窓の外を見つめたまま声を潜めた。

雲海坊は、窓の外を覗《のぞ》いた。

白魚橋の傍に現れた人影が、稲荷堂の縁の下に潜り込むのが見えた。

物乞いだ……。

「やっと戻って来ましたぜ」

由松は立ち上がろうとした。

「待て……」

雲海坊は止めた。

「どうしたんです」

由松は、戸惑いを浮かべた。

「押さえるのは、少し様子を見てからだ。いいな」

雲海坊は、由松に言い聞かせた。

「はい」

由松は頷いた。

「よし。裏から出よう」

雲海坊は居酒屋の親父に礼を云い、由松を連れて裏路地から真福寺橋の袂に向かった。

稲荷堂の縁の下に潜り込んだ人影は頭から筵を被り、真福寺橋の向こうに見える太田黒藩江戸下屋敷を見つめていた。

真福寺橋を托鉢坊主と男が渡って来て、去っていった。

人影は息を潜めた。

雲海坊と由松は、稲荷堂の傍を通り過ぎて背後に廻った。

人影は、稲荷堂の縁の下からじっと太田黒藩の江戸下屋敷を見つめている。

「兄貴……」

由松は戸惑いを見せた。

「何か妙だな……」

雲海坊は首を捻《ひね》った。

「ええ……」

小半刻《こはんとき》（三十分）が過ぎた。

物乞いは眠る様子もみせず、太田黒藩の江戸下屋敷を見つめていた。

太田黒藩江戸下屋敷の潜り戸が開き、武士と町方の男が出て来た。昼間出掛けて行った中年の藩士と、派手な半纏を着た遊び人風の男だった。

中年の藩士と遊び人風の男は、三十間堀に架かる真福寺橋を渡った。続いて稲荷堂の傍の白魚橋を渡って八丁堀を越え、楓川沿いの道を日本橋川方面に向かった。

稲荷堂の縁の下から物乞いが這い出し、中年の藩士と遊び人風の男の後を追った。

「兄貴……」

由松は緊張した。

「行こう」

雲海坊と由松は、中年の藩士と遊び人風の男を尾行《つけ》る物乞いを追った。

「只の物乞いじゃありませんね」

由松は、物乞いの尾行の巧みさに感心した。

「ああ。物乞いのふりをして見張っていたんだぜ」

雲海坊は睨んだ。

中年の藩士と遊び人風の男は、楓川沿いの道を進んで日本橋川に架かる江戸橋に差し掛かった。

物乞いは暗がり伝いに追った。

中年の藩士と遊び人風の男は、江戸橋を渡って左右に分かれた。左手は魚河岸から日本橋、右手は照降町《てりふりちょう》から浜町《はまちょう》に抜ける。中年の藩士は日本橋、遊び人風の男は浜町に向かった。

物乞いは迷った。困惑を浮かべ、どちらを追うべきか迷った。

その時、中年の藩士と遊び人風の男が、暗がりから駆け戻って来た。

物乞いに逃げる暇はなかった。

中年の藩士と遊び人風の男は、物乞いを挟み撃ちにした。

「やはり見張っていたか……」

中年の藩士は、薄笑いを浮かべて物乞いを見据えた。

物乞いは後退《あとずさ》りした。

「伊助《いすけ》、面を見せて貰え」

伊助と呼ばれた遊び人風の男が、物乞いの顔を隠す頬被《ほっかむ》りを取ろうとした。

物乞いは、伊助の手を躱《かわ》して逃げようとした。同時に中年の藩士が、物乞いに斬りつけようとした。

刹那《せつな》、呼子笛《よびこぶえ》が甲高く鳴り響いた。

中年の藩士は微かにうろたえた。

物乞いは素早く暗がりに逃げた。

「根岸《ねぎし》さま」

伊助は焦った。

由松が呼子笛を吹き鳴らしながら江戸橋に現れ、付近の家から人が出て来た。

「おのれ、これまでだ伊助」

根岸と呼ばれた中年の藩士は、伊助を従えて日本橋に向かって走った。

由松は追った。


物乞いは、米河岸《こめがし》を抜けて紺屋町《こんやちよう》から神田川《かんだがわ》に急いだ。

雲海坊は暗がり伝いに尾行た。

物乞いは、夜道を躊躇《ためら》いもなく進み、暗がりに立ち止まって尾行を警戒した。

手慣れていやがる……。

雲海坊は慎重に追った。

神田川沿い柳原通り《やなぎわらどお》に出た物乞いは、昌平橋《しょうへいばし》を渡って明神下《みょうじんした》の通りを進み、妻《つま》恋坂《ごいざか》をあがった。そして、妻恋町の一角にある黒塀に囲まれた仕舞屋《しもたや》に入った。

雲海坊は見届けた。

妻恋町から柳橋は近い。

雲海坊は、自身番の番人に柳橋の船宿『笹舟《ささぶね》』に走って貰った。

夜風が微かに鳴った。


柳橋の船宿『笹舟』は、大戸を閉めて軒行燈《のきあんどん》の火も消していた。

自身番の番人は、『笹舟』の大戸を叩いた。

店土間の囲炉裏端《いろりばた》にいた幸吉が、潜り戸に寄った。

「どちらさまですか……」

「妻恋町の自身番の者です。雲海坊さんの使いで参りました。親分さんはおいでになりますか」

潜り戸の外から番人が答えた。

弥平次は、おまきの介添えで出掛ける仕度を整えた。

「お父っつぁん、幸吉さんが先に行きました」

お糸《いと》が報せに来た。

「分かった」

弥平次は、おまきとお糸に見送られ、自身番の番人と妻恋町に急いだ。


妻恋町は眠りに就いていた。

弥平次は、黒塀で囲まれた仕舞屋の前に立った。

先乗りした幸吉と雲海坊が、暗がりから駆け寄って来た。

「ご苦労だったたな。雲海坊」

「親分……」

「いいえ……」

「親分、ここはあっしが見張ります」

幸吉が告げた。

「よし。雲海坊、ゆっくり話を聞かせてくれ」

「はい……」

弥平次は、雲海坊を連れて湯島天神《ゆしまてんじん》門前に向かった。

湯島天神門前の盛り場には、酌婦と酔客の嬌声《きようせい》がまだ溢《あふ》れていた。

弥平次は、雲海坊を連れて小料理屋の座敷にあがった。

雲海坊は、物乞いの白魚橋からの動きを話した。

「下野国太田黒藩の江戸下屋敷か……」

弥平次は眉をひそめた。

「はい。それで、下屋敷から出て来た根岸って藩士と伊助って野郎を尾行たのですが、そいつは物乞いを誘《おび》き出す罠《わな》でした」

「根岸と伊助は……」

「おそらく下屋敷に戻ったと思いますが、由松が追っています」

「物乞い、根岸と伊助を見張っていたんだな」

「ええ。親分、春吉の一件、その辺と関わりがあるんじゃあないですかね」

雲海坊は睨んだ。

「おそらくな。で、妻恋町の仕舞屋には、どんな奴が住んでいるんだい」

「そいつなんですが、自身番によれば大店の旦那の囲い者が暮らしているそうでか……」

す」

「囲い者……」

弥平次の眼が鋭く光った。

「ええ。おさきって三十歳近い年増だそうで、飯炊きの婆さんと二人暮らしだと

「物乞い、男なんだろう」

「そいつなんですが、物乞い、薄汚れた顔を手拭で隠していましてね」

「男か女は分からないか……」

「ええ。着物や半纏を重ね着していて、身体つきも良く分からないんですよ」

「動きはどうだ」

「そいつが、尾行はなかなかのものでしてね。女だとしたらかなりの腕ですよ」

雲海坊は感心してみせた。

「おさきを囲っている旦那、何処の誰だか分かっているのか」

「それなんですがね親分。おさきを囲っていた旦那、去年の夏、卒中で死んだそうなんですよ」

「去年の夏、卒中だと……」

弥平次は驚いた。

「親分……」

雲海坊は眉をひそめた。

「雲海坊。その卒中で死んだ旦那、ひょっとしたら料理屋の旦那じゃあないのか……」

「はい。池之端にあった千鳥って店の旦那だそうですが、親分……」

雲海坊は戸惑った。

「雲海坊、真福寺橋の袂に落ちていた云わ猿の根付な」

「はい……」

「あいつは、三年前に千鳥の旦那の喜左衛門が買った物だったんだ」

「じゃあ……」

雲海坊は身を乗り出した。

「ああ。物乞いが、春吉殺しに関わりがあるのは間違いないだろう」

弥平次は断定した。

春吉殺しの裏には、思いもよらぬ事が潜んでいるのだ。

「はい……」

「死んだ千鳥の喜左衛門については、勇次が調べている。とにかく仕舞屋と太田黒藩の江戸下屋敷だ……」

弥平次は、厳しい面持ちで思いを巡らせた。


湯加減は丁度良かった。

おさきは、身体を洗って湯船に浸かった。

「それで、伊助と根岸に誘き出されたのかい」

飯炊き婆さんのお甲《こう》が、窓の外に顔を見せた。

「ええ。おっ母さん、もう火を落としていいよ」

おさきは、手拭を絞って顔の汗を拭《ぬぐ》った。

お甲は、風呂釜《ふろがま》の焚《た》き口にしゃがみ込んで火を消し始めた。

「それにしてもお頭、面倒な真似をしてくれたよ」

お甲はぼやいた。

おさきは湯船を出て身体を拭き、浴衣《ゆかた》を纏《まと》った。そして、更紗《さらさ》の紙入れを帯の間に挟んだ。紙入れには、鯨の骨で作られた〝三猿〟の〝聞か猿〟の根付が揺れていた。おさきは、〝聞か猿〟の底の穴から固く巻いた小さな紙を出して開いた。

紙には〝縁の下〟と書き記されていた。

「どこの縁の下やら……」

おさきは、憮然《ぶぜん》とした面持ちで〝聞か猿〟を握り締めた。

三

庭には夏の花が咲き始めていた。

「どうぞ……」

香織は、濡縁《ぬれえん》に腰掛けている弥平次に茶を差し出した。

「こいつは畏《おそ》れ入ります」

「いいえ。それで親分、おまきさんやお糸ちゃん、お変わりございませんか」

「はい。お蔭さまで達者にしております」

「それは何よりにございます。お糸ちゃんに暇な時、良かったら遊びに来るようにお伝えください」

「ありがとうございます」

香織は、浪人だった父親が事件に巻き込まれて無残な死を遂げ、『笹舟』に引き取られたお糸を妹のように可愛がっていた。そこには香織自身、父親を主の引き起こした事件で亡くしている事も関わりがあった。久蔵の妻になる前の香織は、お糸と芝居を見に行ったり、美味《おい》しいものを食べ歩いたりしていた。

「待たせたな……」

久蔵が濡縁に現れた。

「お早うございます」

弥平次は、腰を屈《かが》めて挨拶をした。

「お茶をお持ち致します」

「頼む……」

香織は台所に立った。

「それで親分、何か分かったかい」

「はい……」

弥平次は、春吉殺しの背後に浮かんで来た事実を報せた。

「下野国太田黒藩の藩士の根岸か……」

「はい」

「よし。どんな野郎か、蛭子市兵衛に調べて貰う」

今、臨時廻り同心の蛭子市兵衛は、真福寺橋界隈に連なる大名屋敷を調べている。太田黒藩に関しても何か摑《つか》んでいるかも知れない。

「それと物乞いか……」

「はい。妻恋町のおさきの家に入った切り出て来ません。雲海坊が張り付いています」

「太田黒藩の下屋敷には……」

「幸吉と由松が……」

「よし。で、弥平次。去年の夏、卒中で死んだ千鳥の喜左衛門をどう見る」

久蔵の眼が鋭く光った。

「秋山さま……」

「三猿の根付、千鳥の始末、物乞い。腑《ふ》に落ちねえ事も多い。気にならねえか」

「はい。私も気になり、喜左衛門の素性、勇次に洗わせております」

「ひょっとしたら今度の一件、何もかも喜左衛門から始まっているのかもしれねえな」

久蔵は微かな笑みを浮かべた。

下野国太田黒藩五万石は、愛宕下大名小路《あたごしただいみょうこうじ》に江戸上屋敷、赤坂《あかさか》に中屋敷、木挽町に下屋敷を構えていた。

下屋敷は別荘的な役割りであり、藩主の一族は住んでいなく数人の藩士が留守《るす》居《い》として詰めていた。

根岸淳一郎《じゅんいちろう》は、そうした留守居の藩士の頭であった。

幸吉と由松は、真福寺橋近くの蕎麦屋《そばや》の二階を借り、太田黒藩江戸下屋敷の見張りに就いていた。

藩士たちに目立った動きはなく、根岸も下屋敷から出て来る事はなかった。

「妙な動きはないか……」

和馬は吐息を洩らした。

「ええ。和馬の旦那の方は……」

幸吉は、茶を淹《い》れて和馬に差し出した。

「うん。春吉の蜆を売り歩く道順をなぞってみたが、妙な事や気になる事は何もなくてな。やはり、ここで何かがいきなり起きたのに違いねえ」

和馬は、湯気の立つ茶を啜った。

「そうですか……」

「兄貴、旦那……」

窓から太田黒藩江戸下屋敷を見ていた由松が、幸吉と和馬を呼んだ。

幸吉と和馬は窓辺に寄った。

臨時廻り同心の蛭子市兵衛が、三十間堀沿いの道をやって来た。

「蛭子の旦那ですぜ……」

「うん。市兵衛さんだ」

市兵衛は、連なる武家屋敷を眺めていた。

「あっしがお呼びして来ます」

幸吉が身軽に出て行った。


「やあ……」

蛭子市兵衛は、窓の外を一瞥して座った。

「なかなか良い眺めじゃあないか」

市兵衛は、蕎麦屋の二階を見張り場所に選んだのを誉めた。

「畏れ入ります。どうぞ……」

幸吉は、笑いながら茶を差し出した。

「それで市兵衛さん、何か分かりましたか」

「ちょいと面白そうな事を聞いたよ」

「面白い事、何ですか」

和馬と幸吉は身を乗り出した。

「二年ほど前、日本橋桶町《おけちょう》で押し込みを働いた盗賊たちが、月番の北町の連中に追われて、この辺りで消えちまったそうだよ」

「盗賊がこの辺りで消えた……」

和馬は眉をひそめた。

「うん……」

市兵衛は、音を立てて茶を啜った。

「ま。早い話が逃げられちまったわけだ」

「市兵衛の旦那、盗賊どもはどうやって逃げたんですか」

「そいつが良く分からないんだが、北町の連中は船で逃げたと読み、すぐに手配りしたそうだが、結局は逃げられた」

「船ですか……」

幸吉は首を傾《かし》げた。

「幸吉、もし、船を使わなかったらどうしたと思う」

市兵衛は、意外な事を云い出した。

「船を使わないとしたらですか……」

「うん。辺りに北町奉行所の連中が大勢いるとしてね」

「それで消えたとしたら……」

幸吉は思いを巡らせた。

「まさか……」

和馬が素《す》っ頓狂《とんきょう》な声をあげた。

「武家屋敷に逃げ込んだ」

幸吉が続けた。

武家屋敷は町奉行所の支配下にはなく、踏み込んで調べる事は出来ない。盗賊はそれを利用し、武家屋敷に逃げ込んだのかも知れない。

「だとしたら、幾ら手配りしても盗賊を乗せた船なんか見つかりっこない」

「じゃあ、その武家屋敷ってのが、太田黒藩の下屋敷ですか」

和馬は意気込んだ。

「いや。まだ、そうと決まった訳じゃあない。かもしれないって事だよ」

市兵衛は微笑《ほほえ》んだ。

蜆売りの春吉殺しには、盗賊が絡んでいるのかもしれない……。

和馬、幸吉、由松は、思いもよらぬ展開に顔を見合わせた。

盗賊……。

太田黒藩藩士の根岸淳一郎と伊助、そして物乞いは、盗賊と何らかの関わりがあるのか。

和馬、幸吉、由松は、新たな緊張感に包まれた。


黒塀に囲まれた仕舞屋は、人の出入りもなく静かなままだった。

雲海坊は、斜向かいの家の納屋を借りて見張っていた。

昼過ぎ、婆やのお甲が出掛けた。

雲海坊は、お甲を見送り、おさきが動くのを待った。だが、おさきが動く事はなく、四半刻後にお甲は大根や葱《ねぎ》を買って帰って来た。

仕舞屋は再び静寂に包まれた。

雲海坊は、辛抱強く見張り続けた。

金魚売りの売り声が長閑《のどか》に響いた。

魚が跳ねたのか、不忍池の水面《みなも》には波紋がゆっくりと広がった。

料亭『白梅《しらうめ》』の座敷には、不忍池からの微風が心地良く吹き抜けていた。

弥平次は、『白梅』の主の重吉《じゅうきち》に『千鳥』の喜左衛門の事を尋ねた。その昔、重吉は博奕《ばくち》に夢中になり、悪辣《あくらつ》な博奕打ちのいかさまに引っ掛かり、『白梅』を始めとした身代《しんだい》を巻き上げられそうになった。その時、助けたのが弥平次であった。以来、重吉は博奕を止め、弥平次と親しく付き合うようになっていた。

「千鳥の喜左衛門さんねえ……」

重吉は、弥平次の猪口《ちょこ》に酒を満たした。

「ええ。何か変わった事や気になる事はなかったかな」

弥平次は酒を啜った。

「そうですねえ。同業者といってもお付き合いはなかったし。寄合にも余り出て来なかったから、喜左衛門さんの事はよく知らないんですよ」

重吉は首を捻り、酒を飲んだ。

「喜左衛門さん、料理屋の旦那衆の寄合に余り出て来なかったのかい」

弥平次は、重吉に酒を注いだ。

「ええ。人付き合いの悪い料理屋の主ってのも珍しいんですが、喜左衛門さんはそんな風な方でしたよ」

「だったら喜左衛門さんが女を囲っていたのも知らないのかい」

「喜左衛門さん、女を囲っていたんですか」

重吉は眉をひそめ、猪口を置いた。

「うん。妻恋町にね」

「そういえば親分。喜左衛門さんじゃあなく、千鳥には妙なところがありましたよ」

「千鳥に……」

「ええ。喜左衛門さんが卒中で亡くなり、千鳥は居抜きで売りに出されて葉月になったんですが、その時、番頭や板前たち男衆は一人も残らなかったんですよ」

「下足番もかい……」

「ええ。男という男は一人残らず。葉月の旦那は、残っても構わないと云ったそうですがね」

「確かに妙だね」

番頭や板前はまだ分かるが、下足番まで辞めるのは滅多にない事だ。

弥平次の勘にようやく何かが引っ掛かった。

弥平次は、重吉に見送られて料亭『白梅』から出た。

「親分……」

勇次が、『白梅』の下足番の老爺《ろうや》と一緒にいた。

「おう。勇次か……」

「はい。白梅の前を通ったら、父っつぁんが親分がお見えだと教えてくれましてね」

勇次は、『白梅』の下足番の老爺を示した。

弥平次は、勇次を連れて不忍池の畔《ほとり》の茶店に向かった。

水鳥の鳴き声は、不忍池の水面に甲高く響いた。

「喜左衛門の素性、何か分かったか」

「はい。池之端の自身番から辿《たど》り始めたんですが、千鳥を開く前は音羽《おとわ》に一年。市《いち》ヶ谷《や》に半年。そして、湯島で一年ほど小料理屋を開いていました」

「よく調べたな」

弥平次は褒《ほ》めた。

勇次は、嬉しそうな笑みを浮かべた。

「それにしても喜左衛門、まるで足取りを分からなくするような動きだな」

「親分もそう思いますか」

勇次は意気込んだ。

「うん。それで喜左衛門、生まれは何処なんだい」

「下野の太田黒だそうです」

「太田黒……」

弥平次は、突き上げる驚きを懸命に抑えた。

「間違いないな」

弥平次は厳しく問い質した。

「は、はい……」

勇次は、弥平次の反応に戸惑った。

「そうか、太田黒か……」

料理屋『千鳥』の喜左衛門は、下野国太田黒の出身だった。おそらく、太田黒藩とも何らかの関わりがある。そして、喜左衛門は料理屋の只の旦那ではなく、他の顔も持っているのだ。

弥平次の勘は囁《ささや》いた。

木々の梢《こずえ》が風に揺れ、木洩れ日は煌めいた。


申《さる》の刻七つ（午後四時）。

町奉行所の与力・同心たちの帰宅時間になった。

臨時廻り同心の蛭子市兵衛は、数寄屋橋《すきやばし》を渡って帰る内勤者たちと擦れ違い、南町奉行所の表門を潜った。

「蛭子さま、秋山さまがお待ちかねです」

小者《こもの》が市兵衛に告げた。

「心得た」

市兵衛は、久蔵の待つ用部屋に急いだ。

久蔵は、西日の差し込む用部屋にいた。

「秋山さま……」

「おう。戻ったか。入ってくれ」

「はい」

市兵衛は久蔵と向かい合った。

「で、何か分かったか……」

「ええ……」

市兵衛は、二年前の盗賊の事を久蔵に伝えた。

「面白いな……」

久蔵は、嬉しげな笑みを浮かべた。

「秋山さまもそう思いますか……」

市兵衛は苦笑した。

「ああ。おそらくお前さんの睨み通りだろうぜ」

「では、太田黒藩の下屋敷は盗賊と関わりがあると……」

「うん。春吉はその関わりを偶々《たまたま》見てしまい、奴らの手に掛かった」

久蔵は、厳しい面持ちで事態を読んだ。

「で、盗賊は何処の誰だ」

「そいつはまだ……」

「よし。そいつは俺が調べてみよう」

「お願いします」

「それで、太田黒藩の下屋敷は和馬と幸吉たちが、引き続き見張っているんだな」

「はい」

「よし。市兵衛は、太田黒藩の内情を詳しく調べてくれ」

「心得ました」

市兵衛は頷いた。

「そうか盗賊絡みか……」

西日は次第に赤くなり、久蔵の顔を染め始めた。


妻恋町は夜の静けさに覆われていた。

雲海坊は、暗がりに潜んで仕舞屋を見張り続けていた。

仕舞屋の黒塀の木戸が音もなく開いた。

雲海坊は息を詰めて見守った。

木戸から人影が現れた。人影は総髪を後ろで束ねて笠を被り、裁着袴《たっつけばかま》姿だった。

誰だ……。

仕舞屋に入った男はいないはずだ。

雲海坊は戸惑った。

笠を被った裁着袴の人影は、暗がり伝いに妻恋坂に向かった。

雲海坊は尾行した。

妻恋町を出た人影は、妻恋坂を下りて明神下の通りに急いだ。そして、明神下の通りを下谷広小路に進んだ。

雲海坊は慎重に追った。


人影は下谷広小路を抜けて山下に入り、正宝寺門前を右手に曲がった。一帯には小旗本や御家人の屋敷、そして寺が並んでいる。

人影は泰源寺の山門を潜り、境内《けいだい》の裏手に廻った。

雲海坊は、植え込みの陰伝いに追った。

人影は、泰源寺の裏手にある小さな家作に入った。

家作の格子窓からは灯りが洩れている。

誰が住んでいるんだ……。

雲海坊は、笠を被った人影と住んでいる者の顔を見ようと、家作に忍び寄った。

そして、家作の格子窓を覗こうとした時、横手の戸口が開き、若い浪人が飛び出して来た。雲海坊は咄嗟《とっさ》に錫杖《しゃくじょう》を振った。だが、若い浪人は錫杖を躱し、鋭い一刀を放ってきた。

雲海坊の古い饅頭笠《まんじゅうがさ》が半分に斬り飛ばされて夜空に舞った。

若い浪人は、尚も雲海坊に斬りつけてきた。

雲海坊は薄汚れた衣《ころも》を翻《ひるがえ》し、植え込みの陰に転がり込んで躱した。

若い浪人は、刀を煌めかせて猛然と雲海坊に迫った。

雲海坊は、若い浪人に錫杖を槍のように投げ付けた。

若い浪人は咄嗟に立ち止まり、唸りをあげて飛来する錫杖を刀で叩き落とした。

若い浪人は、植え込みの陰を誰何《すいか》した。だが、雲海坊の姿はすでに消えていた。

「佐久間《さくま》の旦那……」

裁着袴姿のおさきが、笠を手にして家作から出て来た。

「姐《ねえ》さん、どうやら尾行られたたな」

佐久間と呼ばれた若い浪人は、皮肉っぽい笑いを浮かべた。

「尾行られた……」

おさきは眉をひそめた。

「ああ。托鉢坊主だ。心当たりないか」

「托鉢坊主なんて心当たりないよ」

「そうか……」

佐久間は、鼻先に嘲《あざけ》りを浮かべた。

「嘗《な》めた真似をしやがって……」

おさきは、眼に微かな怒りを滲《にじ》ませた。

「伊助の新しい手下かな……」

佐久間は笑った。

「思い知らせてやる……」

おさきは憎しみをあらわにした。

「で、今夜はどうする」

「神田のお玉《たま》が池《いけ》までは分かっているんです。行ってみますよ」

おさきは言い放った。


全身に脂汗が滲んでいた。

雲海坊は、泰源寺門前の暗がりに潜み、乱れた息を整えた。

古い饅頭笠は半分に斬り飛ばされ、薄汚れた墨染めの衣は斬り裂かれていた。

恐ろしく腕の立つ野郎だ……。

雲海坊は、襲い掛かる若い浪人の鋭い一刀を思い出して身震いをした。

泰源寺の山門から二人の人影が出て来た。

雲海坊は身構えた。

裁着袴の人影が笠をあげて辺りを窺った。

女……。

雲海坊は、湧きあがる驚きを懸命に抑えた。

女はおさき……。

雲海坊は睨んだ。

「佐久間の旦那、じゃあ行きますよ」

おさきは笠を目深に被り、佐久間と呼んだ若い浪人を促し、来た道を下谷広小路に戻り始めた。

雲海坊は慎重に尾行した。

月は不気味なまでに蒼白く輝いていた。

四

燭台《しょくだい》の灯りは小さく揺れた。

「二年前、真福寺橋で取り逃がした盗賊ですか……」

北町奉行所臨時廻り同心の白縫半兵衛は、猪口の酒を飲んだ。

「ああ。そいつが何処の盗賊か知っているなら教えてくれ」

久蔵は親しい半兵衛を屋敷に招き、二年前の盗賊の一件を問い質した。

「あの時、私は捕物に加わっていなかったので詳しくは存じませんが、盗賊は下野の喜平《きへい》と申す者ですよ」

「下野の喜平……」

久蔵は眉をひそめた。

「ええ。関八州《かんはっしゅう》を荒らし廻り、江戸では滅多に押し込みを働かず、二年前の一件が最後だと思います」

「そうか……」

久蔵は思いを巡らせた。

下野の喜平と下野国太田黒藩……。

料理屋『千鳥』の喜左衛門と盗賊下野の喜平……。

「その下野の喜平には、どんな手下がいるか知っているかい」

「確か小頭は般若《はんにゃ》の伊助って奴でしてね。他には女もいると聞きましたが……」

半兵衛は手酌で酒を飲んだ。

「女か……」

久蔵は、妻恋町に暮らすおさきの名前を思い出した。

「ええ。七化《ななば》けのなんとかって女でしてね。いろいろな者に化けて押し込み先に入り込み、下野の喜平ども盗賊の手引きをするそうですよ」

「物乞いに化けるのは造作はねえか」

太田黒藩江戸下屋敷を見張る物乞いは、変装したおさきなのかもしれない。

「きっと……」

半兵衛は苦笑し、酒を飲んだ。

「それで秋山さま。下野の喜平がどうかしましたか」

「ああ。去年の夏、卒中で死んだそうだぜ」

「死んだ……」

半兵衛は驚き、猪口を持つ手を止めた。

「ああ。半兵衛、蜆売りの春吉の事は、半次から聞いているかい」

「はい。可哀想な話です。お役に立つことがあればなんなりと……」

半兵衛は、猪口を置いて姿勢を正した。

「その春吉の一件、どうやら下野の喜平たち盗賊が絡んでいるようだ……」

久蔵は、これまでの探索で分かった事を半兵衛に教えた。


楓川の流れは月明かりに白く輝いていた。

根岸淳一郎と伊助は、太田黒藩江戸下屋敷を出て真福寺橋と白魚橋を渡り、楓川沿いを日本橋川に架かる江戸橋に向かった。

和馬は、幸吉や由松と一緒に根岸と伊助を追った。

根岸と伊助は、江戸橋を渡って小伝馬町《こでんまちよう》の牢屋敷の傍らを抜けた。

由松は路地を使って根岸と伊助を追い、幸吉と和馬は充分な距離を取って背後を進んだ。

行く手に玉池稲荷が見えた。

池は元は桜が池と呼ばれていたが、お玉という女が身投げをしたところからお玉が池と呼ばれるようになった。

根岸と伊助は、玉池稲荷の境内に入った。

玉池稲荷の境内は、木々が夜風に葉音を鳴らしていた。

根岸と伊助は、稲荷堂の前に佇《たたず》んで辺りの様子を窺った。

お玉が池は月明かりに輝き、小波《さざなみ》が走っていた。

根岸と伊助は、辺りに異常のない事を確かめて蠟燭《ろうそく》に火を灯し、稲荷堂の中と外を調べ始めた。

追って来た由松が、木立に潜んで見守った。

和馬と幸吉が来た。

「稲荷堂を調べ始めましたぜ」

由松は囁いた。

「稲荷堂に何かあるんですかね……」

幸吉は眉をひそめた。

「うん。そいつが何かだ……」

和馬は頷いた。

根岸と伊助は、稲荷堂の中と外を調べ続けた。

お玉が池の稲荷堂には、小さな灯りが動いていた。

佐久間とおさきは、茂みに潜んで稲荷堂を見つめた。

「伊助と根岸だ……」

佐久間は、小さな灯りの持ち主を透かし見た。

「お玉が池の稲荷堂だったのか……」

おさきは、悔しげに稲荷堂を睨み付けた。

雲海坊は見守った。

おさきと佐久間の視線の先には稲荷堂があり、根岸と伊助が灯りを手にして何かを探している。

おさきと佐久間は、根岸と伊助が何かを見つけるのを待っている……。

雲海坊は読んだ。そして、根岸と伊助がいる限り、幸吉と由松が何処かにいると睨み、周囲の暗がりを透かし見た。

和馬、幸吉、由松の姿が、反対側の木立の陰に僅かに見えた。

雲海坊は、稲荷堂を迂回《うかい》して和馬たちの背後に出た。

「和馬の旦那、幸吉の兄い……」

雲海坊は囁いた。

和馬、幸吉、由松が振り返った。

「雲海坊……」

和馬は微かに驚いた。

「物乞いも来ているのか」

幸吉は眉をひそめた。

「いいえ。来ているのは物乞いじゃあなくて、おさきと佐久間って若い浪人でしてね」

雲海坊は、おさきを追った経緯《いきさつ》を手短に話した。

「裁着袴がおさきだったたから、物乞いもおさきって事ですか……」

由松は眉をひそめた。

「きっとな。俺が見張りについてから人の出入りはないからな」

雲海坊は断言した。

「なんて女だ」

和馬は呆れた。

「まったくですね」

由松は眉をひそめた。

幸吉と雲海坊は苦笑した。


根岸と伊助の稲荷堂探索は続いた。

おさきは、喜平の残した〝三猿〟の秘密をようやく知った。

〝見猿〟には〝お玉が池〟、〝云わ猿〟には〝稲荷堂〟、〝聞か猿〟には〝縁の下〟と書かれた紙が、それぞれ隠されていたのだ。

盗賊・下野の喜平の隠し金は、神田お玉が池の稲荷堂の縁の下に隠されている。

おさきは、下野の喜平の残した隠し金の在《あ》り処《か》を知った。

「どうする」

佐久間は、稲荷堂を見つめたままおさきに尋ねた。

このままでは、根岸と伊助の探索は縁の下にも及ぶ……。

おさきは密かに焦った。

「根岸と伊助の邪魔をしてやろうじゃありませんか」

おさきは嘲りを浮かべた。

「よし……」

佐久間は石を拾い、稲荷堂に投げた。

石は稲荷堂の壁に当たった。

稲荷堂で蠢《うごめ》いていた灯りが消えた。

佐久間とおさきは闇に眼を凝らした。

和馬、幸吉、雲海坊、由松は、事の成り行きを見守った。

静寂が闇を包んだ。

根岸と伊助は灯りを消し、石が飛んで来た暗がりを窺った。

茂みの奥に人影が微かに見えた。

「おのれ……」

根岸は怒りを滲ませた。

次の瞬間、石は唸りをあげて稲荷堂に飛来し、壁に当たって大きな音を立てた。

「くそっ」

伊助はいきり立った。

「火事だ。火事だ。大変だ、火事だ」

突然、佐久間の怒鳴り声が夜空に響いた。

人は〝人殺し〟の声には家で身を竦《すく》めるが、〝火事〟の声には飛び出してくる。

玉池稲荷の近所の者や自身番の者たちが駆け付けて来るのに時は掛からない。

「伊助、今夜はこれまでだ」

根岸は伊助を促し、稲荷堂を走り出た。


「どうします」

由松は、根岸と伊助を眼で追った。

「どうせ行き先は下屋敷だろう。追わなくてもいいぜ」

和馬は笑った。

「じゃあ、あっしはおさきと佐久間を……」

雲海坊は、木立ちの背後に身を翻した。

「由松……」

「はい」

由松は、雲海坊の後に続いた。

近所の人や自身番の者たちが提灯《ちょうちん》を手にして稲荷堂に集まって来た。

「ざまあみろ」

おさきは吐き棄てた。

佐久間は苦笑した。

「さあ、私たちも帰りますよ」

「心得た」

おさきは、佐久間を促して神田川沿いの柳原通りに向かった。

雲海坊と由松が追った。


和馬と幸吉は木立の陰から出た。

「さあて、稲荷堂を調べてみますか」

「幸吉、そいつは夜が明けてからだ」

「じゃあ、今夜はあっしが見張りますよ」

「そうしてくれ。俺はこの事を弥平次の親分と秋山さまに報せるぜ」

「お願いします」

「じゃあな……」

和馬は、幸吉を残して夜道を柳橋に向かった。

集まった近所の人や自身番の者たちは、火事騒ぎが出鱈目《でたらめ》だと知って散り始めていた。

幸吉は、集まった人々が散るのを待った。

お玉が池と稲荷堂は、再び夜の静寂に包まれていった。


神田川は静かに流れている。

おさきと佐久間は、和泉橋《いずみばし》を渡って明神下の通りを急いだ。そして、妻恋坂をあがって妻恋町に入った。

雲海坊と由松は、距離を取って慎重に尾行た。

おさきと佐久間は、黒塀で囲まれた仕舞屋に消えた。

「おさきの家だ」

雲海坊は一息ついた。

「佐久間、泊まるんですかね」

「さあな。こっちだ」

雲海坊は、斜向かいの家の納屋に由松を連れて行った。

「交代で見張りだ」

「じゃあ、あっしから……」

由松が見張りにつき、雲海坊は身を横たえた。

秋山屋敷の竈《かまど》に再び火が熾《おこ》された。

香織は、与平に燗番《かんばん》を頼み、お福と共に料理に取り掛かった。

久蔵は、和馬の話を聞き終えた。

「お玉が池の稲荷堂か……」

久蔵は眉をひそめた。

「はい」

「弥平次はどう思う」

久蔵は、和馬と一緒に訪れた弥平次に視線を向けた。

「おそらく稲荷堂に何かが隠されているのでしょう」

「うむ。そいつが何かだな」

「はい……」

「よし。和馬、明日、夜明けと同時に稲荷堂を調べてみよう」

「では、人数を揃えます」

「そいつは無用だ。こっちは俺と和馬だ……」

久蔵は、弥平次を促した。

「では、私と幸吉が参ります」

「ああ。それで充分だろう」

久蔵は頷いた。

「根岸と伊助が、あれだけ探してみつけられなかった物です。四人じゃあ……」

和馬は首を捻った。

「和馬、俺たちが探す処は、根岸と伊助が探さなかった場所だ」

根岸と伊助が探した場所に探している物はなかった。残るは根岸と伊助が探さなかった処だけであり、おそらく僅かな場所だと推測出来た。

「分かりました」

和馬は頷いた。

「それに和馬、派手にやると、根岸やおさきが尻に帆を掛けちまうぜ」

「そいつは拙《まず》い」

和馬は苦笑した。

「遅くなりました」

香織とお福が酒と肴《さかな》を持って来た。

「おお、待ちかねたぜ」

久蔵は、香織から徳利を受け取り、和馬と弥平次の猪口に酒を満たした。和馬は畏《かしこ》まり、久蔵に酒を注ぎ返した。

お福が、焼いた甘鯛《あまだい》の味噌漬けと衣被《きぬかつ》ぎの煮物を出した。

「奥さまが味噌に漬けた甘鯛の焼き物にございます。それはもう美味しゅうございますよ」

お福の香織自慢は相変わらずだった。

「さあさあ、お福、失礼しますよ」

香織は、苦笑しながらお福を促した。

「いただきます。奥さま……」

弥平次は律儀に挨拶し、和馬は早速甘鯛を食べた。

「うん、お福さんの云う通りだ。美味い」

和馬は顔をほころばせた。

「でしょう」

お福は満足気に頷き、香織に続いて立ち去った。

久蔵は苦笑した。

「それにしても、春吉殺しの背後に盗賊が絡んでいたとは意外でしたね」

和馬は酒を飲んだ。

「ああ。去年の夏、卒中で死んだ下野の喜平が残した物を巡り、小頭の伊助と妾《めかけ》の七化けのおさきが争っていやがる。可哀想に春吉は、そいつに巻き込まれたんだ」

久蔵は、猪口の酒を飲み干した。


燭台の灯りは不安げに揺れた。

伊助は、悔しげに茶碗酒を呷《あお》った。

「おさきの奴……」

「お玉が池の稲荷堂まで知られた今、残る根付の〝聞か猿〟を持っているおさきが有利だな」

根岸の嘲りが滲んだ唇が酒に濡れた。

「くそっ、聞か猿の紙には何んて書いてあるのか……」

盗賊・下野の喜平は、老いると共に小頭の般若の伊助と妾の七化けのおさきの仲を疑った。そして、二人の仲を割る為、己の隠し金の在り処を秘めた〝三猿〟の根付を用意し、伊助に〝見猿〟、おさきに〝聞か猿〟を渡し、自分が〝云わ猿〟を握った。

隠し金がある限り、欲深い伊助とおさきが手を組む事はない。

それが喜平の目論見《もくろみ》だった。だが、喜平は卒中で倒れた。料理屋『千鳥』の番頭を務めていた伊助は、逸早く喜平の持っていた〝云わ猿〟の根付を奪った。おさきは、それを知っていきり立った。以来、おさきと伊助は、喜平の残した隠し金を巡って暗闘を始めた。

「聞か猿には、おそらく稲荷堂の何処に隠し金があるのか書かれているはずだ」

根岸は、湯呑茶碗に手酌で酒を満たし、喉を鳴らした。

「畜生、どうしたらいいんだ」

伊助は苛立った。

「最早、おさきを襲い、聞か猿の根付を奪い取るしかあるまい」

「しかし、佐久間が付いている限り、そいつは難しいですぜ」

「なに、佐久間とて人だ。不意を襲えばどうにかなる」

根岸は不敵に笑い、湯呑茶碗の酒を飲み干した。

五

夜が明けた。

お玉が池に朝霧が漂った。

久蔵は、和馬を従えて稲荷堂に来た。弥平次と幸吉が、様々な道具を用意して待っていた。

「やあ……」

「お早うございます。お待ちしておりました」

「ああ。早速だが、先《ま》ずは中を調べてみよう」

「はい……」

久蔵は稲荷堂に踏み込んだ。和馬、弥平次、幸吉が続いた。

稲荷堂の中は、根岸と伊助によって荒らされていた。祭壇と周囲の壁や天井には、調べた跡が残されていた。

「殆《ほとん》どの処は調べられているな」

「はい……」

和馬は頷いた。

「残る処は……」

久蔵は、鋭い眼差しで狭い堂内を見廻した。

「縁の下ですか……」

弥平次は睨んだ。

「ああ。和馬、幸吉、床板を剝《は》いでみろ」

和馬と幸吉は、釘抜きや鏨《たがね》などをつかって床板の釘を抜き、手際よく外し始めた。

縁の下は苔《こけ》生《む》し、鼠《ねずみ》や虫の死骸があるだけで何もなかった。

弥平次は、縁の下に鋤《すき》を突き刺して土の柔らかい処を探った。一ヶ所、鋤が深く刺さる処があった。

「秋山さま……」

「うむ」

下野の喜平が掘り返していれば、土はまだ柔らかいはずだ。

「親分、あっしが掘ります」

幸吉が縁の下に降り、鋤が深く刺さった処を掘り始めた。

久蔵、弥平次、和馬は見守った。

幸吉は掘った。そして、一尺ほど掘り下げた時、鋤は板箱に突き当たった。

「親分……」

「うん。掘り出してみろ」

幸吉は、長さが一尺で幅と深さが五寸ほどの金箱を掘り出した。

「金箱のようです」

幸吉は、掘り出した金箱の泥を落として和馬に渡した。

「よし。開けてみろ」

「はい」

和馬は、金箱の錠前を鏨と金槌《かなづち》で壊し、蓋《ふた》を開けた。金箱には切り餅が二つと油紙で包んだ手紙が入っていた。

「切り餅二つの五十両と手紙だけです」

和馬は、油紙に包まれた手紙を久蔵に渡した。

久蔵は、油紙を解いて手紙を開き、黙読し始めた。その顔には、次第に怒りが滲み始めた。

「秋山さま……」

和馬が戸惑った。

「和馬の旦那」

弥平次は和馬を止めた。

「う、うん……」

手紙を読み進む久蔵の顔には、怒りが満ち溢れた。

弥平次、和馬、幸吉は、久蔵を見守った。

久蔵は、手紙を読み終わった。

「秋山さま……」

弥平次は久蔵を窺った。

「馬鹿な盗賊が馬鹿な真似をしやがって……」

久蔵は吐き棄て、手紙を弥平次に渡した。

「和馬の旦那……」

弥平次と和馬、そして幸吉は顔を寄せて手紙を読んだ。

下野の喜平の手紙は、伊助とおさきに宛てたものであり、隠し金を残した理由が得々と書き綴《つづ》られていた。

「秋山さま……」

和馬は眉をひそめた。

「和馬、床板を元に戻しておけ」

「は、はい……」

和馬と幸吉は、床板を元に戻し始めた。

久蔵は稲荷堂から出た。


お玉が池は朝陽に煌めいていた。

久蔵は、眩しげに眼を細めた。

「秋山さま……」

弥平次が、金箱と手紙を持って稲荷堂から出て来た。

「盗賊の馬鹿な遊びに巻き込まれた春吉、哀れなもんじゃあねえか……」

久蔵は、お玉が池を眩しそうに見つめ、悔しげに云った。

「伊助とおさき、喜平の企《くわだ》て通りの仲間割れですか……」

「所詮は盗賊、欲と欲とで繋がっている外道だ。何があってもおかしくねえさ」

久蔵は嘲笑《ちょうしょう》を浮かべた。

境内の入口で小石が鳴った。
久蔵は振り返った。
佐久間とおさきが境内に入って来た。
久蔵と弥平次は、佐久間とおさきを見つめた。
佐久間とおさきの背後に雲海坊と由松の姿が僅かに見えた。
「秋山さま……」
弥平次は、二人がおさきと佐久間だと気が付いた。
久蔵は頷き、佐久間に向かって踏み出した。
佐久間は足を止め、久蔵を怪訝《けげん》に見つめた。
雲海坊と由松は、久蔵と弥平次に気付いて一気に迫った。
佐久間とおさきは事態を察知した。
「こいつらが佐久間とおさきか……」
久蔵は、雲海坊と由松に尋ねた。
「はい。仰《おつしや》る通りで……」
稲荷堂から和馬と幸吉が出て来た。
佐久間とおさきは、久蔵たちに囲まれた。

おさきは、佐久間の背後に隠れた。

佐久間は、刀の柄《つか》を握って身構えた。

「おさき、下野の喜平の隠し金ならここにあるぜ」

久蔵は、弥平次の持っている金箱を示した。

「お侍……」

おさきは久蔵を睨み付けた。

「俺は南町奉行所与力秋山久蔵だ」

久蔵は嘲笑を浴びせた。

「剃刀《かみそり》久蔵か……」

佐久間は、微かな狼狽《ろうばい》を滲ませた。

「おさき、喜平の隠し金は五十両だ」

「五十両……」

おさきは眉を険しく逆立てた。

「ああ。五十両だ」

「嘘だ。たった五十両だなんて嘘だ」

おさきは、顔を醜く歪《ゆが》めて叫んだ。

「いいや。嘘じゃねえ」

おさきは久蔵を睨み付けた。

「おさき、喜平は己が死んだ後、お前と伊助を弄《もてあそ》んだだけだぜ」

「こいつが証拠だ」

弥平次が、金箱から切り餅二つを出して見せた。

「後にも先にも、これだけだよ」

「嘘……」

おさきは言葉を失い、茫然《ぼうぜん》と立ち竦んだ。

次の瞬間、佐久間が久蔵に鋭い一刀を放った。

久蔵は跳び退かず、踏み込みながら心形刀流《しんぎょうとうりゅう》の一刀を閃《ひらめ》かせた。

久蔵と佐久間は、刀の輝きとともに交錯した。

弥平次、和馬、幸吉、雲海坊、由松、そしておさきは凍《い》てついた。

僅かな時が過ぎた。

佐久間は淋しげな笑みを浮かべ、首の付け根から血を流して横倒しに倒れた。

久蔵は残心の構えを解いた。

「旦那、佐久間の旦那……」

おさきは佐久間に縋りつき、激しく揺り動かした。

「和馬、幸吉、佐久間の死体と一緒におさきを大番屋に引き立てろ」

久蔵は命じた。

「はい。で、秋山さまは……」

和馬は眉をひそめた。

「残る二匹の外道の始末して、春吉の恨みを晴らしてくれる」

久蔵は不敵に言い放った。


太田黒藩江戸下屋敷は表門を閉じていた。

久蔵は、雲海坊と由松を従えて真福寺橋を渡った。

「秋山さま……」

蕎麦屋の二階から下屋敷を見張っていた勇次が現れた。

「勇次、根岸と伊助は下屋敷にいるな」

「はい……」

「よし」

久蔵は冷たい笑みを浮かべた。

「秋山さま……」

雲海坊は、心配げな眼差しを向けた。

下屋敷といえども大名屋敷だ。町奉行所の支配は及ばない。如何《いか》に与力でも踏み込めば、それなりの責めを取らなければならない。

雲海坊はそれを心配した。

「心配は無用だぜ、雲海坊」

久蔵は不敵に笑った。

南町奉行所筆頭同心稲垣源十郎《いながきげんじゅうろう》が高張提灯《たかはりぢょうちん》を掲げた捕り方たちを率い、弥平次と共に駆け付けて来た。

「秋山さま……」

稲垣源十郎は、厳しい面持ちで久蔵の下知《げち》を待った。

「うむ。弥平次に聞いただろうが、太田黒藩江戸下屋敷には、盗賊下野の喜平の手下般若の伊助が潜んでいる。逃がしてはならぬ」

「心得ました」

稲垣は、捕物出役《とりものしゅつやく》用の長さ二尺一寸、六角棒身、鮫皮《さめがわ》巻き柄の長十手を揮《ふる》った。

捕り方たちは一斉に動き、太田黒藩江戸下屋敷の表門を遠巻きにした。行き交う人々は慌てて散った。

「太田黒藩江戸下屋敷には、盗賊下野の喜平の手下般若の伊助が潜んでいる。決して逃がしてはならぬ」

稲垣は捕り方たちに命じた。


太田黒藩下屋敷は混乱した。

数少ない留守居の藩士たちは、事の成り行きに驚き、慌てた。そして、藩士の一人が愛宕下大名小路にある江戸上屋敷に走った。

弥平次は、由松と勇次に藩士を追わせた。

久蔵と稲垣は、苦笑しながら太田黒藩の出方を窺った。


「根岸の旦那……」

伊助は微かに震えていた。

「ああ……」

根岸は、思わぬ事態に動転した。

下屋敷は南町奉行所の捕り方たちに囲まれた。支配違いである限り、捕り方たちは決して下屋敷の敷地内に踏み込みはしない。だが、理由が何であれ、太田黒藩は天下に恥をさらした。そして、このままでは、恥をさらし続ける事になる。太田黒藩は天下の笑い者になり、公儀の咎《とが》めを受けるのは必定《ひつじょう》だ。そして、自分はその責めをとらなければならない。

破滅する……。

根岸は震え上がった。そして、盗賊・下野の喜平一味と密かに手を組んだのを悔やんだ。

喜平との関わりは、太田黒の国許にいた時からの付き合いだった。以来、根岸は下野と江戸で盗賊・喜平一味として働き、分け前の金を貰って来た。

木挽町にある太田黒藩江戸下屋敷から上屋敷のある愛宕下の上屋敷は近い。

太田黒藩留守居役の早川采女正《はやかわうねめのしょう》が血相を変え、藩士たちを従えて駆け付けて来た。

由松と勇次が一足先に戻り、久蔵に早川たちの素性を報せた。

「何方《どなた》だ。南町奉行所の責任者は何方かな」

早川は、苛立《いらだ》ちを浮かべていた。

「私は南町奉行所与力秋山久蔵、おぬしは」

久蔵は早川を見据えた。

「拙者《せつしや》は太田黒藩江戸留守居役早川采女正と申す。秋山どの、これなるは何故《なにゆえ》の仕儀にござる」

早川は、怒りを滲ませた眼で捕り方を見廻した。

「太田黒藩家中の根岸淳一郎なる者が、盗賊般若の伊助と手を結び、下屋敷内に匿《かくま》っていると判明致したが故の措置」

久蔵は厳しく告げた。

「な、なんと……」

早川は愕然《がくぜん》とし、顔色を変えた。

「まことにござるか、秋山どの」

「左様。藩士が盗賊と手を結ぶを許したのは、家中取締り不行届き。一刻も早く事を納めなければ、太田黒藩も無事には済まぬ」

久蔵は言い放った。

「あ、秋山どの。ならばこれより我らが下屋敷に入り、根岸淳一郎を成敗致す。ご検分いただけぬか」

早川は、根岸淳一郎を成敗する事により、太田黒藩の責めを少しでも軽くしたいと願っていた。

「心得た、検分致そう」

久蔵は稲垣と弥平次を従え、早川たちと下屋敷に踏み込んだ。

門内には、根岸以外の下屋敷詰の藩士たちが立ち竦んでいた。

「根岸淳一郎は何処だ」

早川が下屋敷詰の藩士たちに尋ねた時、肩を斬られた伊助が悲鳴をあげて転げ出て来た。

根岸が、血にまみれた刀を下げて追って来た。

稲垣は、素早く倒れた伊助を庇《かば》って立った。そして、弥平次が伊助の傷の様子を見た。

「何をする根岸」

早川は震える声で一喝《いっかつ》した。

「これは早川さま。それなる盗賊般若の伊助が潜んでおりましたので成敗致しました」

早川は、伊助を犠牲にして逃れようとした。

「違う。根岸の野郎も下野の喜平の手下だ。盗賊の一人なんだ」

伊助は血を流し、激しく震えた。

「伊助、真福寺橋で蜆売りの春吉を斬ったのは誰だ」

久蔵は問い質した。

「根岸だ……」

伊助は苦しく顔を歪めた。

「根岸、どうして春吉を斬った」

久蔵は根岸に迫った。

「し、知らぬ。春吉など俺は知らぬ……」

根岸は怒鳴った。

「惚《とぼ》けても無駄だ」

久蔵は厳しく一喝した。

「天秤だ。天秤が俺の眼の前を過《よ》ぎったからだ。無礼な真似をしたからだ」

根岸は開き直った。

蜆売りの十三歳の少年・春吉は、天秤棒が眼の前を過ぎっただけで無残に斬り殺された。

久蔵は虚しく、悔しかった。

久蔵は、静かに刀を抜いた。

根岸は、誘われたように猛然と久蔵に斬り付けた。久蔵は、根岸の刀を見切り、僅かに身体を反らして躱した。根岸は必死に身体を反転させた。

刹那、久蔵の刀が袈裟懸けに一閃《いっせん》された。

根岸は袈裟懸けに斬られ、叩きつけられたようにその場に崩れた。

久蔵は、絶命する根岸を冷たく見据えた。

赤い血が静かに広がっていく。

久蔵は刀を納めた。

「早川どの、見ての通り、根岸淳一郎は、私が打ち果たした。それをどう始末するかは、そちらの勝手。盗賊、般若の伊助の身柄は貰い受ける」

稲垣と弥平次は、苦しく息を鳴らしている伊助を引き立てて太田黒藩江戸下屋敷を出た。

早川たち太田黒藩の藩士は、呆然《ぼうぜん》と見送るしかなかった。

久蔵は、太田黒藩江戸下屋敷を後にした。

稲垣は、捕り方たちを率いて南町奉行所に戻った。弥平次は、雲海坊、由松、勇次と斬られた伊助を医者の許に担ぎ込んだ。

真福寺橋の袂で見つかった〝云わ猿〟の根付の事などは、いずれ伊助の証言でその理由が明らかになるだろう。

久蔵は独りになった。

三十間堀と八丁堀の流れは、真福寺橋の下で交わって煌めいていた。

久蔵は眩しく眺めた。

煌めきの中に、春吉の蜆を売る元気な声が蘇《よみがえ》った。

第二話

化粧花

一

水無月《みなづき》——六月。

日枝神社山王権現《ひえじんじゃさんのうごんげん》の祭礼は十五日に終わり、夏の盛りの江戸の町には水売りや金魚売りの声が響いていた。

柳橋の船宿『笹舟』は、夜の蒸し暑さから逃れて舟遊びをする客で賑わい、忙しい毎日を過ごしていた。

大川には行き交う屋形船や屋根船の灯りが映え、三味線《しゃみせん》や太鼓《たいこ》の音と共に愉しげな笑い声が響いていた。

勇次は、神田三河町《みかわちょう》の旦那衆と芸者を乗せた屋根船を操り、浅草御蔵《あさくさおくら》から御厩河岸《おんまやがし》に差し掛かった。

女の甲高い悲鳴が夜空に響いた。

勇次は、女の悲鳴のあがった御厩河岸の先を透かし見た。

三好町《みよしちょう》の大川沿いの道端で、着流しの侍が白刃《はくじん》を振りかざして女に襲い掛かっていた。

「人殺し」

勇次は思わず叫んだ。

屋根船の客と芸者たちも気付き、「人殺し」と声を揃えて叫び、侍に止めさせようとした。そして、勇次は屋根船の舳先《へさき》を三好町の道端に向けた。

刹那、侍は逃げ惑う女を背後から斬った。女は悲鳴をあげて仰《の》け反《ぞ》り、大川に転落した。水飛沫《みずしぶき》が月明かりに輝いた。

芸者たちが悲鳴をあげた。

女を斬った侍は、刀を素早く鞘《さや》に納めて暗がりに身を翻した。

「皆さん、申し訳ねえ。ちょいと寄り道させて貰います」

勇次は、女の落ちた処に屋根船を漕《こ》ぎ寄せた。

女の派手な着物が見えた。

勇次は、棹《さお》を使って女を引き寄せ、襟首《えりくび》と帯を摑んで引き上げた。着物から水が流れ落ち、背中は鋭く斬り裂かれていた。

船縁《ふなべり》に寝かされた女は若く、微かに息を鳴らしていた。

勇次は、女を乗せて材木町《ざいもくちょう》の竹町之渡《たけちょうのわたし》に急いだ。

竹町之渡では、顔見知りの渡し番の親父が屋根船を迎えた。

「どうした、勇次」

「父っつぁん、三好町で女が斬られた。医者を呼んで、柳橋の親分に報せてくれ」

「そいつは大変だ」

勇次と親父は、若い女を屋根船から降ろした。女は昏睡状態だが、微かにうめき声を洩らした。

「じゃあ父っつぁん、後は頼んだ」

勇次は、屋根船の棹を握った。

「おう、任せておけ」

渡し番の親父は、医者と柳橋の『笹舟』に人を走らせた。

勇次は、客と芸者たちに詫びと礼を述べ、屋根船を向島《むこうじま》に進めた。

芸者たちが気分を変えるように三味線を弾き、太鼓を賑やかに打ち鳴らした。

浅草材木町の竹町之渡から柳橋は遠くはない。

報せを受けた弥平次は、幸吉を連れて竹町之渡に急いだ。

竹町之渡の番小屋は、自身番の者たちも集まっていた。そして、女は番小屋の奥で医者の手当てを受けていた。

「こいつは親分」

「やあ。造作を掛けるね、父っつぁん」

「いいや。どうって事はねえが、女がな……」

親父は、医者の手当てを受けている女を不安げに示した。

「危ないのか……」

弥平次は眉をひそめた。

「らしい……」

番小屋の親父は頷いた。

弥平次と幸吉は、医者の許に行った。

「先生、あっしは柳橋の弥平次。こっちは幸吉と申します」

弥平次は、懐から十手を出して見せた。

「私は宮沢道庵《みやざわどうあん》。親分、かなりの深手でな。さっきから何事かを云っているのだが、よく分からなくてな」

道庵は眉根を寄せた。

「ちょいとご免なすって……」

弥平次と幸吉は、女の口元に耳を寄せた。

女は苦しげに息を鳴らし、うわ言を洩らしていた。

「た、田村《たむら》……」

女の唇が微かに動いた。

「田村……」

弥平次が眉をひそめた。

「はい。確かに田村と……」

幸吉が頷いた。

「お前さんの名前は……」

弥平次は尋ねた。だが、女は一瞬大きく眼を見開いて弥平次を見つめ、小刻みに震えて息絶えた。

「先生……」

「うむ……」

道庵は女の死を見届けた。

女は、身許を教える物を何一つ持っていなかった。

弥平次と幸吉は、女が斬られた三好町の大川沿いの道端を調べた。だが、道端には血が飛び散っているだけで、女の身許や下手人の侍を突き止める手掛かりになるような物は何一つなかった。

「よし。詳しくは夜が明けてからだ」

「はい。勇次が何か見ているといいんですがね」

弥平次と幸吉は、柳橋の『笹舟』に戻った。

一刻（二時間）が過ぎた頃、勇次の屋根船が戻って来た。弥平次は、おまきと相談して勇次に船頭の仕事からあがらせた。

「そうですか、あの女、死にましたか……」

勇次は落胆した。

「うん。それで女を斬った下手人、どんな侍だった」

幸吉は尋ねた。

「そいつが着流しの侍でしたが、はっきりとは……」

勇次は首を捻った。

「他に何か気が付いた事はないか」

幸吉は眉をひそめた。

「さあ、別に……」

「そうか……」

「まあ、いい。幸吉、何事も明日からだ。勇次、今夜はいろいろご苦労だったな」

弥平次は、勇次を労い、お糸に酒の仕度をさせた。


南町奉行所の甍は朝陽に輝いていた。

久蔵は眉をひそめた。

「ほう。女か……」

「はい。勇次によれば、下手人は着流しの侍だと……」

弥平次は報告を続けた。

「今、幸吉たちが殺しを見た者を探し、女が何処の誰か調べています」

「そうか。で、弥平次、女は今際《いまわ》の際《きわ》に田村と云ったんだな」

「はい」

弥平次は頷いた。

「田村か……」

久蔵は、何かを思い出すかのように遠い眼差《まなざ》しをした。

「秋山さま、何か……」

「う、うん。俺の知り合いにも田村縫之助《ぬいのすけ》ってのがいてな。そいつを思い出した」

久蔵は苦笑した。

「そうでございますか。で、その田村さまはどちらに……」

弥平次は、久蔵に真剣な眼差しを向けていた。

「弥平次……」

久蔵は、微かな戸惑いを浮かべた。

「一応調べ、女の云い遺した田村さまと関わりがないのを、はっきりさせるのが良いかと存じます」

弥平次は落ち着いた口調で告げた。

「分かった。弥平次の云う通りだ」

「畏れ入ります」

「俺の知り合いの縫之助はな……」

久蔵は、自分の知り合いの田村縫之助の屋敷の場所を教えた。

どんな手掛かりでも、ないよりは良い……。

弥平次は、勇次を連れて下谷練塀小路《ねりべいこうじ》に向かった。

下谷練塀小路には、小旗本や御家人の屋敷が甍を連ねている。その中に百五十石取りの御家人・田村縫之助の屋敷はあった。

久蔵は、御家人・田村縫之助と学問所で机を並べた仲だった。

田村縫之助は小普請組《こぶしんぐみ》であり、その屋敷からは薬湯の臭いが微かに漂っていた。

「親分、煎《せん》じ薬《ぐすり》の臭いですね」

「病人でもいるのかな……」

弥平次は眉をひそめた。

勇次は、一帯の屋敷に出入りしている棒手振《ぼてふ》りの魚屋を見つけた。

「田村さまのお屋敷ですか」

「ええ。何方か患《わずら》っているのかい」

勇次は、魚屋に聞き込みを掛けた。

「ああ。旦那が、二年ほど前から心の臓を患って寝込んでいるそうですぜ」

「旦那が心の臓の患い……」

田村縫之助は、二年前から心の臓を患って寝込んでいた。

「それもかなり重いそうですよ」

勇次は、弥平次に報せた。

「二年前から重い心の臓の患いで寝込んでいるなら、浅草三好町まで行って人を斬るのは無理だな」

弥平次は思いを巡らせた。

「ええ。田村縫之助さまは、殺された女の云い遺した田村じゃありませんね」

「うん……」

田村屋敷の木戸門が開いた。

弥平次と勇次は、咄嗟に物陰に隠れた。

木戸門から風呂敷包みを抱えた女が現れ、下谷広小路に向かった。

「奥さまですかね」

「きっと早苗《さなえ》さまだろう」

田村家には子供や奉公人はおらず、縫之助と妻の早苗との二人暮らしとされていた。

「どうします」

勇次は、下谷に向かう早苗を一瞥した。

「一応、尾行てみるか……」

「はい」

「俺は、もう一廻りして幸吉たちの処に行く。尾行終わったら笹舟に戻ってくれ」

「承知しました。じゃあ」

勇次は、弥平次に一礼して早苗を追った。

弥平次は勇次を見送り、斜向かいの路地に入って田村屋敷を見守った。

陽は昇り、武家屋敷街は夏の暑さに覆われ始めた。


浅草三好町の大川沿いの道には、大勢の人が行き交っていた。

幸吉、雲海坊、由松は、女が斬られた処を詳しく調べた。だが、女の素性を示す物や事件を見た者を見つける事は出来なかった。

幸吉たちは、探索と聞き込みの範囲を広げた。

「幸吉っつぁん……」

三好町の自身番の番人が、幸吉に駆け寄って来た。柳橋と浅草三好町は、公儀の浅草御蔵を間にして遠くはなく、幸吉たちと自身番の者たちは顔見知りだった。

「なんですかい」

「自身番に女房を探している野郎が来ているぜ」

番人が幸吉に告げた。

「その男、どうしました」

幸吉は緊張した。

「自身番で家主さんが相手をして待たせてありますよ」

「そいつはありがてえ」

幸吉は、自身番の番人と三好町の自身番に急いだ。

三好町の自身番は、蔵前通《くらまえどお》りに面していた。

痩《や》せた職人は、落ち着かない面持ちで框に腰掛けていた。

「家主さん。丁度、幸吉っつぁんがいてくれましたよ」

「こりゃあ家主さん……」

幸吉は家主に挨拶をした。

「幸吉っつぁん、こちらは千駄木《せんだぎ》に住んでいる大工の留助《とめすけ》さんでしてね……」

留助は、怯えたような眼差しで幸吉に頭を下げた。

「おかみさんが二日前に出掛けたっきり帰らないそうです」

「二日前から……」

幸吉は眉をひそめた。

「はい……」

留助は不安げに頷いた。

「おかみさん、歳は幾つなんですかい」

「二十四歳です……」

斬られて死んだ女と同じ年頃だった。

「分かりました。一緒に来てください」

幸吉は頷き、大工の留助と番人を門跡前に甍を連ねている寺の一つに連れて行った。寺の横手には湯灌場小屋《ゆかんばごや》があった。

湯灌場とは、遺体を納棺する前に沐浴《もくよく》させる場所である。

武家や大店《おおだな》など敷地の広い屋敷では、自宅での沐浴が許されている。だが、狭い借地に暮らしているのが殆どの町方の者たちは、自宅での沐浴が禁止されており、寺の敷地内にある湯灌場で行われていた。
幸吉は湯灌場者に断り、傍らの部屋に入った。背後に続く留助の喉が鳴った。
部屋には、沐浴を施された女の遺体が寝かされていた。
「いいかい……」
幸吉は、自身番の番人に付き添われた留助に告げた。
留助は、蒼《あお》ざめた顔を引きつらせて頷いた。
幸吉は、遺体の顔に掛けられた白布を取った。女の死に顔が現れた。
「おすみ……」
留助は息を飲み、激しく震え出した。
留助は、おすみと呼んだ女の遺体に縋りついて泣き出した。
女の身許がようやく割れた。
千駄木の大工留助の女房おすみ……。
それが女の素性だった。
おすみは、二日前から家に戻らず、昨夜斬り殺された。
誰に、何故……。

幸吉は待った。留助が泣き終わるのを待った。

下谷広小路は賑わっていた。

早苗は風呂敷包みを抱え、広小路の賑わいを俯《うつむ》き加減に進んだ。

勇次は尾行した。

広小路を横切った早苗は、不忍池の畔に出た。

不忍池は水鳥が遊び、畔には人々が長閑に散策している。

早苗は、不忍池の畔を足早に進んだ。

何処に行く……。

勇次は追った。

不忍池の畔には、茶店や料理屋が点在していた。

早苗は、林に囲まれた料理屋『田村』に入り、裏手に廻って行った。

勇次は、木立の陰から見届けた。

料理屋の裏手に廻ったのは、客ではない事を意味した。

料理屋『田村』で働いているのか、それとも用があって来たのか……。

いずれにしろ仕事で来たのだ。

勇次はそう見極め、しばらく張り込んでみる事にした。

林の中は涼しく、木洩れ日が爽《さわ》やかに揺れていた。


斬殺された女の身許は割れた。

幸吉は弥平次に報せた。

「千駄木の大工留助の女房のおすみか……」

弥平次は吐息を洩らした。

「はい。それで親分、おすみは二日前に出掛けたっきり帰らないので、留助は心配して探し廻っていたそうです」

「兄貴。おすみ、二日前何処に行ったんですか……」

由松は首を捻った。

「そいつなんだが、おすみは昼過ぎから夜まで池之端の料理屋で仲居の通い奉公をしているんだが……」

「じゃあ、二日前も奉公先に……」

「留助もそう思い、一番先に料理屋に行った。だが、おすみは二日前から来ていないと云われたそうだ」

「じゃあ何処に……」

「由松、そいつが分かれば苦労はないぜ」

雲海坊は笑った。

「そりゃあそうですね」

由松は恥じた。

「で、幸吉の兄い。おすみが奉公していた料理屋ってのは……」

雲海坊は膝を進めた。

「田村って店だそうだ」

「田村……」

弥平次は眉をひそめた。

「はい。おすみが云い残した田村です」

「じゃあ奉公先の名前だというのか……」

弥平次は困惑した。女が今際の際に奉公先の店の名を云い残すだろうか。

「違いますかね」

幸吉は、言葉の裏に不安を過ぎらせた。

「うむ……」

弥平次は思いを巡らせた。

「料理屋の田村ですか……」

雲海坊の言葉に微かな嫌悪が漂った。

「雲海坊、田村を知っているのか……」

弥平次は、雲海坊の嫌悪を見逃さなかった。

「えっ、ええ。噂ですが、聞いた事が……」

「どんな噂だ」

「田村の奥には賭場《とば》があると……」

「賭場……」

弥平次の顔に厳しさが浮かんだ。

「はい。そんな噂を聞いた事があります」

雲海坊は頷いた。

「賭場か……」

「親分、賭場が本当かどうか分かりませんが、悪い噂が立つってのは、まともじゃありませんぜ」

幸吉が身を乗り出した。

「おすみは、奉公先の田村に関わりのある事で殺されたか」

弥平次は睨んだ。

「きっと……」

幸吉は頷いた。

「よし。幸吉と由松は、田村を見張り、主と女将《おかみ》がどんな奴か調べるんだ」

「雲海坊、お前はおすみの二日前からの足取りを探してくれ」

「承知しました」

幸吉、雲海坊、由松は素早く動き始めた。

二

陽は西に廻った。

不忍池は赤く染まり始めた。

勇次は、料理屋『田村』の見張りを続けた。

客の他に出入りする者はいなく、早苗が出て来る気配もなかった。

早苗は、料理屋『田村』で働いている。

勇次はそう見極め、見張りを解いて柳橋の『笹舟』に戻る事にした。そして、林を出て不忍池の畔を広小路に向かった。

「勇次じゃあないか……」

広小路から幸吉と由松がやって来た。

「こりゃあ兄貴……」

「何をしていたんだい」

幸吉は尋ねた。

「へい。この先にある田村って料理屋を見張っていたんです」

「田村だと……」

幸吉と由松は驚いた。

「はい。田村がどうかしましたか……」

勇次は、幸吉と由松が驚いたのに戸惑った。

船宿『笹舟』の夜は、相変わらずの忙しさだった。

「早苗さま、料理屋の田村に奉公しているのか……」

弥平次は眉をひそめた。

「はい。おそらく間違いありません」

勇次は頷いた。

「そうか……」

田村縫之助の妻・早苗は、斬り殺されたおすみと同じ不忍池の畔にある料理屋『田村』に奉公していた。弥平次は、そこに奇妙な因縁《いんねん》を覚えた。

「早苗さまの事は、幸吉と由松の兄貴たちに伝えておきました」

「勇次、ご苦労だが田村に戻り、早苗さまの見張りを続けてくれ」

弥平次は命じた。

「はい……」

勇次は戸惑った。

「早苗さまが、おすみ殺しに関わりはないと思うが、どうにも気になってな」

弥平次は苦笑した。

「分かりました。これからすぐに戻ります」

「うむ……」

弥平次は手を叩いた。

「ご用ですか、お父っつぁん」

戸口にお糸が現れた。

「幸吉たちが見張りについた。弁当を三人前頼めるかな」

「はい。大丈夫です」

「勇次、聞いての通りだ。弁当を持って行ってくれ」

「承知しました。じゃあご免なすって……」

勇次は、お糸と共に居間から出て行った。

弥平次は、次の間で着替えを始めた。

「あら、お前さん、お出掛けですか……」

弥平次の女房で『笹舟』の女将のおまきが入って来た。

「ああ。ちょいと秋山さまのお屋敷にな……」

「そりゃあ大変ですね……」

おまきは、弥平次の着替えを手伝った。

根津権現《ねづごんげん》の大屋根は月明かりに蒼く輝いていた。

千駄木の隅にある甚助長屋《じんすけながや》の家々には明かりが灯り、家族の愉しげな笑いが洩れていた。

雲海坊は長屋の木戸口に潜み、小さな明かりの灯る奥の家を見守っていた。

留助によれば、おすみは二日前の昼過ぎに家を出た。留助はてっきり料理屋『田村』に仕事に行ったと思った。だが、おすみはその日に戻らず、翌日も帰って来なかった。留助は、心配を募らせて『田村』に行った。だが、『田村』の女将お登世《とせ》は、おすみは来ていないと答えた。そして、おすみは斬り殺された。

雲海坊は、留助におすみの行きそうな処を訊いた。

おすみは、十六歳の時に川越《かわごえ》から江戸に奉公に出て来た。そして、米問屋に住み込んでいた二十二歳の時、縁あって大工の留助と所帯を持った。そのおすみが江戸で頼るべき者は数少ない。そして、留助の知る限り、おすみの知り合いに武士はいなかった。

雲海坊は、留助の動きを見定めてからおすみの足取りを追う事にした。

留助は晩飯も食べず、長屋の家に閉じ籠《こ》もっていた。

雲海坊は見張りを続けた。

濡縁に置かれた蚊遣《かや》りから流れる煙は、座敷の中にゆったりと漂っていた。

「田村縫之助が心の臓の長患いか……」

久蔵は、吐息混じりに眉をひそめた。

「はい。それで奥さまの早苗さまは、不忍池の畔の料理屋田村に働きに出ているようです」

弥平次は告げた。

「その料理屋の田村には、斬り殺されたおすみも奉公していたんだな」

「はい……」

弥平次は、久蔵を見つめて頷いた。

「気になるな……」

「はい。おすみが云い残した田村は、料理屋の田村の事なのかも知れません」

「うむ……」

微風が吹き抜け、蚊遣りの煙は切れ切れに乱れた。

不忍池は月明かりに煌めき、料理屋『田村』からは三味線の爪弾《つまび》きが洩れていた。

幸吉と由松は、弁当を持って戻って来た勇次と『田村』を見張った。『田村』には客が次々と訪れていた。

「田村は主の清兵衛《せいべえ》と女将のお登世が、十年前に開いた店でな。いろいろ悪い噂の絶えない店だぜ」

幸吉は鼻先で笑った。

「悪い噂ってのは……」

勇次は戸惑った。

「素人女《しろうとおんな》に客を取らせているとか、客を見て値を決めるとか、賭場を開いて客を遊ばせているとか。いろいろあるぜ」

「酷《ひど》い料理屋ですね」

「ああ。だが、どれもこれも噂ってわけでな。必ず尻尾《しっぽ》を捕まえてやるぜ」

幸吉は冷たく笑った。

戌《いぬ》の刻五つ（午後八時）が過ぎ、料理屋『田村』から客が帰り始めた。

幸吉、由松、勇次は、帰る客に不審な者がいないか見守った。

やがて、下足番が軒行燈の火を消し、木戸を閉めた。

「店仕舞いですよ」

勇次は戸惑った。

「らしいな……」

「兄貴、入ったまま帰らない客もいますぜ」

由松は眉をひそめた。

「ああ、女か博奕か……。噂はおそらく本当だな」

幸吉は睨んだ。

「ええ……」

裏手から通いの仲居や下女が帰り始めた。

女たちは、別れの挨拶を交わしながら夜道を急いだ。帰る女の中に早苗もいた。

「あの方が早苗さまです」

勇次は、下谷広小路に向かう早苗を示した。

「分かった。気をつけて行きな」

「はい。じゃあご免なすって……」

勇次は早苗を追った。

「御家人の奥さまが仲居奉公ですか……」

由松は呆れた。

「旦那が長の患いだそうだ。薬代が欲しいんだろう」

幸吉は同情した。

料理屋『田村』は、通いの奉公人たちも帰り、夜の静けさに包まれていった。

夜の町には家路を急ぐ者の提灯が揺れていた。

早苗は提灯で足許を照らし、下谷練塀小路の屋敷に急いだ。

真っ直ぐ屋敷に帰る……。

勇次は、提灯の明かりを見つめて尾行を続けた。そして、早苗は屋敷の木戸門を入った。

勇次は、木戸門の陰から屋敷を窺った。

屋敷には小さな明かりが灯されただけで、人の話し声などは聞こえなかった。

武家屋敷街の張り込みは難しい。町奉行所の支配外であり、近所の武士に不審者として斬り付けられても文句は云えない。

勇次は、緊張を漲《みなぎ》らせて暗がりに潜んだ。

神田川には様々な船が行き交っていた。

久蔵は笠を被り、着流し姿で和泉橋を渡った。そして、神田佐久間町《さくまちょう》と相生《あいおい》町《ちょう》を抜けて下谷練塀小路に入った。

練塀小路の左右には小旗本や御家人の屋敷が連なっている。久蔵は、田村縫之助の屋敷の前に佇んだ。

「秋山さま……」

勇次が路地から現れた。

「ご苦労だな」

「いいえ……」

「早苗どの、昨夜は……」

「料理屋の田村から真っ直ぐ戻りました。それから変わった事はございません」

「そうか。これから田村縫之助に逢って来る」

「はい……」

久蔵は、田村屋敷の木戸門を潜った。

座敷には煎じ薬の臭いが漂っていた。

田村縫之助は、早苗の手を借りて蒲団の上に痩せた半身を起こした。

「こんな姿で申し訳ない」

縫之助は、窶《やつ》れた面《おも》持ちで久蔵に詫びた。

「いや。詫びるのは突然やって来た俺の方だ。すまぬ」

久蔵は苦笑した。

「長い間、寝込んでいると聞いてな。これは見舞いだ」

久蔵は、懐から袋に入った煎じ薬を出した。

「高麗人参《こうらいにんじん》の煎じ薬だ。病を治すには精をつけるに限るからな」

「かたじけない」

「主人には何よりのお見舞い。ありがとうございます」

早苗は、煎じ薬の袋を押し戴いて礼を述べた。

「そういえば久蔵。後添えを貰ったそうだな」

「うむ。死んだ雪乃《ゆきの》の妹の香織だ」

「そうか、雪乃どのの妹か……」

「おめでとうございます」

早苗は久蔵を祝った。

次の瞬間、縫之助は胸を押さえて顔を苦しげに歪めた。心の臓の発作だった。

「旦那さま……」

早苗は、慌てて土瓶《どびん》の煎じ薬を縫之助に飲ませ、蒲団に寝かせた。

久蔵は見守るしかなかった。

「すまぬ……」

縫之助は、薄い胸を苦しげに上下させて詫びた。

「何を申す。どうやら俺が騒がしたようだ。引き上げるからゆっくり休んでくれ」

久蔵はそう云って座を立った。

「早苗、久蔵を……」

「はい……」

早苗は久蔵を追った。

縫之助は、疲れたように眼を閉じた。

「秋山さま……」

早苗は久蔵を呼び止めた。

「せめてお茶など、主人の願いにございます」

「だが、縫之助の看病を……」

「いいえ、発作はいつもの事。すぐに治まります」

「そうですか……」

久蔵は、早苗の頼みを聞いた。

茶の香りは芳ばしく漂った。

「どうぞ……」

「かたじけない」

久蔵は茶を飲んだ。茶は思ったよりも上等なものだった。

久蔵は微かに戸惑った。

田村家は百五十石取りとはいえ、無役の小普請組だ。物価は毎年のように上がり、縫之助の薬代も大変なはずだ。その証拠に早苗自身が仲居として働きに出ている。だが、茶は意外にも上等なものだった。

「申し訳ありませんでした」

「いや。早苗どのも大変ですな」

久蔵は、早苗が料理屋『田村』で働いている事にあえて触れなかった。

「いいえ。大変なのは主人にございます」

早苗は小さな笑みを浮かべた。微かに伽羅《きやら》の香りが漂った。

早苗は煎じ薬の臭いを消す為、伽羅の匂い袋を身につけているのかも知れない。

それは、料理屋で働く女の常識なのかも知れない。

久蔵は茶を飲んだ。

「早く治ると良いが。ま、焦らずに養生するしかありますまい」

「はい。覚悟をしております」

早苗は頷いた。

「うむ。馳走《ちそう》になった。これで失礼致す」

久蔵は、茶碗を置いて立ち上がった。

「お見舞い、ありがとうございました」

早苗は頭を下げた。再び伽羅の香りが過ぎった。


久蔵は、早苗に見送られて田村屋敷を出た。

行く手の辻を勇次が横切った。

久蔵は、勇次を追って辻を曲がった。

辻を曲がった処で勇次が待っていた。

「如何《いかが》でした」

「うむ。田村縫之助。あの病の様子じゃあ人は斬れねえな」

「そうですか……」

勇次は頷いた。

「勇次、早苗どのは昨夜、真っ直ぐ帰って来たんだな」

「はい」

「よし。親分には俺から伝えておく。引き続き見張ってくれ」

「何か……」

「うむ。ちょいと気になる事があってな」

上等な茶と伽羅香……。

久蔵は気になった。

「承知しました」

勇次は頷いた。

久蔵は神田川に向かった。

神田川には微風が吹き抜けていた。

久蔵は、神田川沿いの道を柳橋に向かった。


柳橋の船宿『笹舟』は、川風に暖簾を揺らしていた。

久蔵は、船宿『笹舟』の店土間に入った。

「邪魔するぜ」

「いらっしゃいませ」

帳場にいたお糸が算盤《そろばん》から顔をあげた。

「あっ。秋山さま……」

お糸は、帳場から框に出て来て久蔵に挨拶をした。

「やあ。達者だったかい、お糸」

「はい。香織さま、いえ、奥方さまもお変わりはございませんか」

「相変わらず、お福や与平と賑やかにやっているよ」

「そうですか。あっ、お父っつぁんを呼んで来ます」

「ああ。頼む」

お糸は奥に駆け込んだ。

弥平次は、久蔵の猪口に酒を満たした。

「すまねえな。いただくぜ」

久蔵は酒を飲んだ。

「そうですか、田村縫之助さまの奥方さま、気になりますか……」

弥平次は手酌で酒を飲んだ。

「ああ……」

「お茶に伽羅香ですか……」

弥平次は久蔵を窺った。

「長患いの亭主を抱え、料理屋で働いてる御家人の女房。何だかそぐわねえ気がしてな」

「ですが、せめてお茶と匂い袋ぐらいはってのもあるかも知れませんよ」

弥平次は別の見方を示した。

「そうだな……」

久蔵は酒を飲んだ。

「どうだ親分。今夜、池之端の田村に行ってみるか」

久蔵は手酌で酒を飲んだ。

「田村ですか……」

「ああ。おそらくおすみを手に掛けた野郎も関わりがあるはずだ」

「分かりました。お供します」

弥平次は頷いた。
久蔵は、『笹舟』で日暮れを待つ事にした。

下谷練塀小路に物売りの声が長閑に響いていた。
昼が過ぎた頃、早苗は足早に出掛けた。
料理屋『田村』に行くのか……。
勇次は尾行した。
早苗は練塀小路を北に進み、中御《なかお》徒町《かちまち》から山下に抜けた。
行き先は料理屋『田村』じゃあない……。
勇次は緊張した。
早苗は、山下から廣徳寺前の道に入った。
廣徳寺前には、幡随院《ばんずいいん》を始めとした寺と小旗本の小さな屋敷が連なっている。
早苗はいきなり立ち止まり、辺りを警戒した眼差しで見廻した。
勇次は、咄嗟に物陰に隠れた。
早苗は、辺りに人影がないのを見定め、傍らの小さな武家屋敷の木戸門を潜った。

誰の屋敷だ……。

勇次は、小さな武家屋敷を見廻した。

小さな武家屋敷は、百石取り以下の御家人の屋敷だ。

勇次は、棒手振りの八百屋《やおや》をつかまえ、誰の屋敷か尋ねた。

「御家人の多田竜之介《ただりゅうのすけ》さまのお屋敷ですぜ」

「多田竜之介さま……」

「ああ。でも、多田さまは独り者だから滅多にお呼びは掛からねえや」

棒手振りの八百屋は苦笑した。

「そいつは気の毒に……」

勇次は笑い、人参と出始めたばかりの胡瓜《きゆうり》を買って八百屋と別れた。そして、人参と胡瓜を手拭に包んで帯に結んだ。

多田竜之介の屋敷から早苗が出て来た。

勇次は迷った。

早苗を尾行するか、多田竜之介の顔を確かめるか迷った。そして、迷った挙句、早苗を追った。

早苗は山下に戻り、不忍池の畔を進んで料理屋『田村』に向かった。

勇次は、早苗が『田村』に入ったのを見届け、見張っている幸吉と由松の許に走った。

「幸吉の兄貴……」

「早苗さまなら見届けたぜ」

「ええ。それでここに来る前に……」

勇次は、早苗が多田竜之介の屋敷に立ち寄った事を告げた。

「御家人の多田竜之介か……」

幸吉の顔が引き締まった。

「はい」

「兄貴、調べてみますかい」

由松が膝を進めた。

「よし。ここは俺が引き受けた。由松と勇次は、多田竜之介をな」

「合点だ。行くぜ、勇次」

由松と勇次は、下谷廣徳寺前に急いだ。

三

千駄木から根津権現の境内と門前町を抜けると、不忍池は近い。

おすみは家を出て殺されるまでの二日の間、その行方《ゆくえ》が知れなかった。

その間、何処で何をしていたのか……。

雲海坊は、おすみの足取りを探した。だが、足取りは容易に摑めなかった。

雲海坊は、根津権現の境内の茶店で歩き廻った足を休め、茶を啜っていた。

行商の薬売りが片隅に荷を下ろし、縁台に腰掛けて汗を拭った。

茶店の親父が、薬売りに冷たい茶を持って来た。

「すまないね、父っつぁん……」

薬売りは、茶店の常連らしく親父に親しげな笑顔を向けた。

「聞いたかい利助《りすけ》さん。甚助長屋のおすみさんが殺されたの……」

「ええ。聞きましたよ。驚きましたね」

茶店の親父と薬売りの利助は、殺されたおすみの噂話を始めた。雲海坊は、茶を啜りながら二人の話に聞き耳を立てた。

「私、見掛けたんですよ。おすみさんを、殺された前の日に……」

利助は眉をひそめた。

雲海坊は緊張した。

「へえ、何処でだい」

茶店の親父は、面白そうに尋ねた。

「そいつが浅草の広小路でですよ」

「浅草広小路でねえ。おすみさん、悪い病が出たのかね」

茶店の親父は、鼻先に嘲りを滲ませた。

「着流しのお侍と一緒のようでしたから、かもしれませんねえ」

利助は笑った。

「知らぬは亭主ばかりなりか。留助も気の毒な奴だよ」

おすみは、殺された日の前日、つまり出掛けたっきり帰らなかった日、着流しの侍と浅草広小路にいた。

雲海坊は、ようやくおすみの微かな足取りを摑んだ。

根津権現の参拝を終えた老夫婦が茶店に立ち寄った。

「おいでなさいまし」

茶店の親父は老夫婦の許に行った。

「薬売りの利助さんですかい」

雲海坊は囁いた。

「えっ……」

利助は戸惑った。

「お上の御用を承《うけたまわ》っている者だ。おすみの事、詳しく教えて貰うよ」

雲海坊は、笑みを浮かべて厳しく告げた。

「へ、へい……」

利助は、怯えたように頷いた。

雲海坊は、利助を門前町の蕎麦屋に誘った。


薬売りの利助は、緊張した面持ちで雲海坊の前に座った。

雲海坊は、蕎麦屋の小女《こおんな》に盛り蕎麦を二枚頼んだ。

「利助さん、おすみさんを浅草広小路で見掛けたんだって……」

「えっ。ええ……」

「その時の様子、詳しく教えてくれねえかな」

「はい。おすみさん、着流しのお侍と一緒に愉しそうに歩いていました」

「着流しの侍、どんな風だった」

「どんな風だと聞かれても、背の高い痩せたお侍って事ぐらいでして……」

「そうかい」

「おまちどおさま」

小女が盛り蕎麦を持って来た。

「さあ、話は食いながらだ」

雲海坊は、利助に蕎麦を勧めた。

「へ、へい。いただきます」

利助は蕎麦を啜った。

「おすみさん、男好きだったのかい」

雲海坊は何気なく訊いた。

「そりゃあもう。男との噂はいろいろ聞いていますよ」

利助は苦笑した。

おすみは男との噂の絶えない女であり、行方知れずになった日には、背の高い痩せた着流しの侍と浅草にいた。

おすみは、男関係のもつれで斬り殺されたのかも知れない……。

勇次によれば、おすみを斬ったのは着流しの侍だ。浅草に一緒にいた背の高い痩せた侍と同じ人物とも思われる。

「それで、おすみさん、着流しの侍とどっちに行ったんだい」

「そいつが、雷門《かみなりもん》の傍にある辻駕籠《つじかご》の立場《たてば》に行きましてね……」

「辻駕籠の立場……」

雲海坊は眉をひそめた。

〝立場〟とは、駕籠舁《かき》が休息し、客を待つ処だった。

「ええ。駕籠で出合茶屋にでも行ったんじゃありませんかね」

利助は好色な笑みを浮かべた。

おすみと着流しの侍は、辻駕籠に乗って何処かに行った。

雲海坊は思いを巡らせた。


下谷廣徳寺前の多田屋敷は、木戸門を閉じて静まり返っていた。

由松と勇次は、多田屋敷の周囲に聞き込みを掛けて多田竜之介の人柄を調べた。

多田竜之介は七十俵取りの御家人であり、両親が亡くなった後は奉公人も置かず、独り暮らしをしている。

若い頃に剣術道場に通っていた竜之介は、両親の死後は酒と博奕にうつつを抜かし自堕落《じだらく》な暮らしを続けていた。

由松と勇次は物陰に潜み、多田竜之介が屋敷から出て来るのを待った。


夕暮れの浅草広小路は、浅草寺の参拝や遊び帰りの人々で賑わっていた。

雲海坊は、雷門傍の辻駕籠の立場に急いだ。だが、家路につく人の多い夕暮れ時、辻駕籠は立場から出払っていた。

雲海坊は、全身に疲れが湧きあがるのを感じた。


暮六つ（六時）が過ぎ、夏の夜が訪れた。

久蔵と弥平次は、料理屋『田村』を見張る幸吉の許に現れた。

幸吉は、早苗が料理屋『田村』に来る前に下谷廣徳寺前の御家人・多田竜之介の屋敷に寄った事と、由松と勇次が調べに行ったのを告げた。

「よし。秋山さまと俺は客として田村に入り、様子を探ってみる」

「分かりました」

久蔵と弥平次は、幸吉を残して料理屋『田村』の暖簾を潜った。

料理屋『田村』には三味線の爪弾きや客の笑い声が洩れていた。

久蔵と弥平次は、不忍池を眺められる座敷に通された。

「いらっしゃいませ」

女将のお登世が挨拶に現れた。

「田村の女将のお登世にございます。今夜はおいでいただきましてありがとうございます」

「やあ。俺は旗本の秋山って者だ。こっちは柳橋の船宿の旦那だ。よろしく頼むぜ」

「それはそれは。こちらこそよろしくお願い致します」

お登世は、久蔵と弥平次に値踏みをする目を向けた。

「ああ。楽しませて貰うぜ」

仲居たちが酒と料理を運んで来た。仲居たちの中に早苗はいなかった。

女将のお登世は、徳利を手にして久蔵と弥平次の盃《さかずき》に酒を満たした。

久蔵と弥平次は酒を飲んだ。

「では、ごゆっくりお過ごしくださいませ」

お登世は、座敷を仲居に任せて出て行った。

久蔵と弥平次は酒を飲み、料理を食べた。

酒も料理も格別に美味《うま》いというほどの物ではない。だが、『田村』はそれなりに賑わっている様子だった。

「随分、繁盛しているようだね」

弥平次は仲居に尋ねた。

「お蔭さまで……」

仲居は言葉少なに答えた。

「旦那と女将、良いご贔屓を大勢抱えているんだねえ」

「はあ……」

仲居は、落ち着かない風情《ふぜい》を見せた。

「お前さん、名前は何ていうんだい」

久蔵は微笑み掛けた。

「えっ、私ですか」

「ああ……」

「おはつと申します」

「おはつか……」

「はい」

おはつという名の仲居は頷いた。

「ま、一杯注《つ》いで貰おうか……」

「はい」

おはつは徳利を手にし、久蔵の盃に酒を満たした。徳利は微かに震え、盃と触れ合って小刻みに音を鳴らした。そして、盃から酒が溢れて零《こぼ》れ、料理に掛かった。

「あっ……」

おはつは、慌てて徳利を置いて零れた酒を拭いた。

「申し訳ございません。新しいお料理に代えて来ます」

おはつは、酒の掛かった料理を持って座敷を出て行った。

「どう見る……」

「おはつ、何かに怯えているようですね」

「ああ。俺にもそう見えたぜ」

久蔵は頷いた。

「ちょいと一廻りして来ますよ」

「ああ。気をつけてな」

「まだまだ若い者には負けませんよ」

弥平次は苦笑し、音もなく座敷を出て行った。

久蔵は手酌で酒を飲んだ。


料理屋『田村』は、妙な落ち着きが漂っていた。

連なる座敷からは話し声や笑い声が洩れ、仲居たちが忙しげに行き交っている。

弥平次は、静かな足取りで長い廊下の奥に進んだ。

廊下は続き、突き当たりを曲がった先に渡り廊下で繋がれた離れ座敷があった。

弥平次は暗がりに潜み、渡り廊下を透かし見た。

渡り廊下は、数人の若い衆が番士のように見張っていた。恰幅《かっぷく》のいい初老の男が、博奕打ちらしい男を連れて庭先からやって来た。

「こりゃあ清兵衛の旦那……」

若い衆たちは、腰を屈めて初老の男を迎えた。初老の男は、『田村』の主の清兵衛なのだ。

「こっちは丁の目の蓑吉《みのきち》さんだ。ご無礼のねえようにな」

清兵衛は若い衆に命じた。

「へい」

「丁の目の蓑吉です。今晩はひとつよろしく頼みますよ」

蓑吉は若い衆に挨拶をした。清兵衛は、挨拶を終えた蓑吉を伴い、離れ座敷に入って行った。

離れ座敷は賭場だ……。

弥平次は見届けた。その時、女将のお登世が長い廊下をやって来た。弥平次は、素早く傍の厠《かわや》に入った。


久蔵は静かに酒を飲んだ。

「あの、お侍さま。船宿の旦那さまは……」

おはつは、久蔵に怪訝な眼差しを向けた。

「ああ。厠だぜ」

久蔵は、空になった盃をおはつに差し出した。

「そうですか……」

おはつは、久蔵の盃に徳利の酒を満たした。

久蔵は酒を飲んだ。

「やあ、失礼しました」

弥平次が戻って来た。

「あの……」

「厠、遠かったようだな」

久蔵はおはつを遮《さえぎ》り、弥平次の盃に酒を注いだ。

「ええ。ちょいと迷ってしまいましたよ」

弥平次は苦笑した。

「そいつは大変だったな」

久蔵は愉しげに笑った。

木戸門が微かに軋《きし》んだ。

由松と勇次は暗がりに身を潜めた。

木戸門が開き、着流しの侍が出て来た。

多田竜之介……。

由松と勇次は、竜之介を見守った。

竜之介は、木戸を閉めて廣徳寺前の通りを山下に向かった。

由松と勇次は尾行を開始した。

竜之介は提灯も持たず、夜道を慣れた足取りで進んだ。山下に出た竜之介は、不忍池の畔を進んだ。

不忍池に鳥の鳴き声が甲高く響いた。

「まさか田村に行くんじゃあ……」

「かもな……」

由松と勇次は、木立と茂みに身を隠しながら竜之介を追った。

料理屋『田村』の灯りが行く手に浮かんだ。

竜之介は、迷いも躊躇いもなく『田村』に向かっている。

由松と勇次は確信した。

料理屋『田村』には、仲居として働く早苗がいるはずだ。だが、早苗とは昼間逢っている。ならば、噂されている賭場にでも行くのか。いずれにしろ、料理屋『田村』は、貧乏御家人の出入り出来る処ではない。

由松と勇次は思いを巡らせた。

竜之介は、料理屋『田村』の木戸を潜り、下足番に何事かを囁いて庭先に廻って行った。

籠脱《かごぬ》けするかも知れない……。

「勇次、俺は裏に廻る。お前は幸吉の兄いの処に行け」

「合点だ」

由松は勇次と別れ、『田村』の裏手に走った。

勇次は、表の雑木林に潜んでいる幸吉の許に駆け寄った。

「幸吉の兄貴。今、田村に入った侍が多田竜之介ですぜ」

「見届けたぜ。で、由松は」

「裏を固めました」

「よし」

幸吉は頷いた。

「多田の野郎、何しに来たんだ」

「そいつなんですが、庭先に廻ったところを見ると、酒を飲んで料理を食べに来た訳じゃあなさそうですね」

勇次は睨んだ。

「噂の賭場か……」

「ええ。どうします……」

「田村には秋山さまと親分が入り込んでいる」

「秋山さまと親分が……」

勇次は喉を鳴らした。

「ああ。だからしばらく様子をみよう」

「はい……」

勇次は、幸吉の隣に潜んだ。

雑木林の梢が微かに揺れた。

半刻が過ぎた。

「女将さん……」

おはつが帳場に入って来た。

お登世と清兵衛が売上金を数えていた。

「なんだい」

「松乃間の秋山さまがお帰りになるそうです」

「そうかい。すぐに行くよ」

「はい……」

おはつは帳場を出て行った。

お登世は、勘定書きを書き始めた。

「松乃間の客、秋山さまってのかい」

清兵衛は、煙管に煙草を詰めてくゆらせた。

「ええ。旗本だといっていましたよ」

「一人かい」

「いいえ。柳橋の船宿の旦那と二人ですよ。じゃあ……」

お登世は、勘定書きを持って帳場を出て行った。

「旗本の秋山と船宿の旦那か……」

清兵衛は煙管をくゆらせた。

紫煙は渦を巻いてのぼった。

料理屋『田村』から久蔵と弥平次が、女将のお登世やおはつたち仲居に見送られて出て来た。

「幸吉の兄貴……」

「うん……」

弥平次は、幸吉たちを一瞥して不忍池の畔に向かった。

「親分と繋ぎを取ってくる。ここを頼む」

「はい……」

幸吉は勇次を残し、久蔵と弥平次の後を追った。


久蔵と弥平次は、不忍池の畔の常夜燈《じょうやとう》の下で幸吉を待っていた。

「どうでした」

「ああ。離れは噂通り賭場になっているぜ」

「やっぱり、そうですか」

幸吉は眉をひそめた。

「親分、勘定はどうだ」

「幾ら二人でも、あの料理と酒で一両二分とは高過ぎますね」

「高値を吹っ掛けられたか。その辺りも噂通りだな」

久蔵は苦笑した。

料理屋『田村』で早苗と逢う事はなかった。おそらく早苗は、別の座敷の掛かりなのだ。

逢わなくてよかった……。

久蔵は密かに安堵した。

「そういえば、勇次がいたな」

弥平次は幸吉に尋ねた。

「はい。多田竜之介が来ましてね。庭先に廻って行きました。おそらく賭場でしょう」

「そうか。如何します」

弥平次は、久蔵に『田村』の賭場をどうするか訊いた。

「先ずはおすみ殺しだ。『田村』と賭場はその後、ゆっくり始末してやるぜ」

久蔵は不敵に笑った。

その夜、早苗は真っ直ぐ下谷練塀小路の屋敷に帰った。

夜道を行く早苗からは、微かに伽羅の香りが漂った。

勇次は尾行し、屋敷に入る早苗を見届けた。

幸吉と由松は『田村』を見張り、多田竜之介が賭場から出てくるのを待った。

雑木林に虫の音が響いた。


大川は夜明けを迎えていた。

船宿『笹舟』の台所では、奉公人たちが朝飯を食べていた。

雲海坊は、鯵《あじ》の干物と海苔《のり》などで丼飯を食べて茶を啜った。

「雲海坊さん。お父っつぁんが、ご飯が終わったらおいでなさいって……」

「合点だ。お糸坊」

雲海坊は、湯呑茶碗を置いて威勢よく立ち上がった。

「雲海坊さん、私はもう子供じゃあないんです。お糸坊はやめて下さい」

「おう、そうだった。ご免、ご免」

雲海坊は、笑いながら弥平次の部屋に向かった。

雲海坊は、お糸が殺された浪人の父親と暮らしていた長屋の隣の家に住んでいた。お糸はそれが縁で『笹舟』に預けられ、奉公人となり、やがて養女になった。

雲海坊にとり、お糸はその頃からの〝お糸坊〟なのだ。

「お早うございます。親分……」

「おう。入りな」

弥平次は、長火鉢の猫板に湯呑茶碗を置いた。

「ご無礼致します」

雲海坊が入って来て弥平次の前に座った。

「おすみの足取り、何か分かったかい」

弥平次は、茶を淹れて雲海坊に差し出した。

「こいつはどうも……」

雲海坊は恐縮し、茶を啜った。

「それで、おすみなんですがね……」

雲海坊は、おすみが男好きであり、行方知れずになった日、浅草で着流しの侍と一緒にいた事を告げた。

「着流しの侍か……」

「ええ。誰か心当たりはございませんか」

「一人、いるよ」

弥平次は、多田竜之介の素性と関わりを雲海坊に教えた。

「御家人の多田竜之介ですか……」

雲海坊は眉をひそめた。

「ああ。それにしても雲海坊。よくそこまで分かったな」

弥平次は雲海坊を労った。

今のところ、おすみを斬った下手人は、その着流しの侍が一番可能性がある。

「薬売りと出逢ったのが幸いでした。今日は二人を乗せた浅草の駕籠舁を探してみます」

「よし。由松なら多田の顔も知っている。助っ人に廻そう」

「そいつは助かります」

弥平次は、長火鉢の抽斗《ひきだし》から懐紙《かいし》に包んだ金を出して雲海坊に渡した。

「ありがとうございます」

紙包みには、二枚の一分金と八枚の一朱金の都合一両が入っている。弥平次は、配下の者たちに探索を命じる時、それぞれに探索費を渡していた。

「云うまでもないが、決して無理はするんじゃあないぞ」

弥平次は、配下の者が死ぬのは勿論《もちろん》、傷付いたりするのを嫌っていた。

「心得ております。じゃあご免なすって……」

雲海坊は、弥平次の淹れてくれた茶を飲み干して出て行った。

「気をつけてな」

弥平次は見送り、由松を下谷から浅草に廻す手配りを始めた。


不忍池の畔に暮らす鳥は、夜明けと共に騒がしく鳴いた。

料理屋『田村』から多田竜之介が現れ、気怠《けだる》い面持ちで不忍池の畔に向かった。

「よし。俺が追う。由松、お前は多田が朝まで博奕をしていたと、親分に伝えてくれ」

「分かりました」

幸吉は由松を残し、多田を追って不忍池に向かった。


下谷練塀小路の武家屋敷街は、役目に就いている者たちの出仕の時を迎えていた。

田村縫之助の屋敷は木戸門を閉めたまま静けさに包まれていた。

昨夜、早苗は料理屋『田村』から帰ってから一歩も外には出ていない。

物陰から見張っていた勇次は、田村の屋敷の周囲を見廻った。

田村の屋敷は、百五十坪ほどの敷地に建っており、板塀で囲まれている。勇次は北側の板塀の隙間を覗いた。台所の外と井戸端で水を汲む早苗の姿がちらりと見えた。

勇次は裏手に廻った。

屋敷の西と南側には手入れのされていない庭があり、雨戸の閉められた母屋《おもや》がある。

勇次は板塀から中を窺った。

母屋の雨戸が僅かに開けられ、痩せて無精髭《ぶしょうひげ》の男が庭を眺めていた。

主の田村縫之助さま……。

勇次は戸惑った。

田村縫之助は、重い心の臓の患いで寝たっきりのはずだ。その田村縫之助が、爽やかな面持ちで朝の庭を眺めている。

勇次の戸惑いは困惑に変わった。

やがて縫之助は、雨戸を静かに閉めた。

勇次は困惑に包まれた。

坊主たちは声を揃えて経を読み、下谷廣徳寺前の通りを托鉢に出掛けて行く。

多田竜之介は、大欠伸《おおあくび》をしながら己の屋敷に向かった。

幸吉は追った。

多田は、己の屋敷の木戸門を潜ろうとした。

刹那、若い御家人が現れ、悲痛な叫びをあげて多田に斬り掛かった。多田は咄嗟に、若い御家人の刀を打ち払った。若い御家人は、板塀に激しく叩きつけられた。

幸吉は、隠れるのも忘れて見守った。

「手前……」

多田は、若い御家人を睨み付けた。

「返せ。妻の千春《ちはる》を返せ」

若い御家人は声を震わせた。

「ふん。千春なら亭主の手前に愛想を尽かし、気儘《きまま》に暮らすと何処かに行っちまったぜ」

多田は嘲笑《あざわら》った。

「黙れ」

若い御家人は、多田の嘲笑を遮るように斬り付けた。だが一瞬早く、多田の刀が横薙《よこな》ぎに一閃された。若い御家人は、弾かれたように飛ばされた。地面に転がった若い御家人は、腹から血を流して苦しく呻《うめ》いた。

幸吉は、思わず若い御家人に駆け寄った。

「しっかりしなせえ」

若い御家人は苦しく呻き続けた。

「女房を寝取られた愚か者が……」

多田は冷たく吐き棄て、己の屋敷に入って行った。

「誰か、医者だ。お医者を呼んでくれ」

幸吉は若い御家人を抱き起こし、懸命に叫んだ。若い御家人の息は、次第にか細くなっていく。

幸吉の助けを求める声が響いた。

金龍山浅草寺《きんりゅうざんせんそうじ》の雷門の立場には、客を乗せて来た辻駕籠が客待ちをしながら休息をしていた。

　雲海坊は、背の高い瘦せた侍とおすみを乗せた駕籠舁を探した。だが、おすみたちを乗せた辻駕籠はなかなか見つからなかった。雲海坊は立場に張り付き、粘り強く聞き込みを続けた。

　昼飯時になり、立場は辻駕籠で溢れた。

　駕籠舁たちは弁当を食べたり、近くの一膳飯屋で昼飯を済ませていた。

　雲海坊は聞き込みを続けた。

「背の高い瘦せた侍と女……」

「ああ。ここの立場で乗せなかったかな」

「乗せた覚えあるぜ。なあ……」

　駕籠舁の権六《ごんろく》が、後棒の善助《ぜんすけ》に同意を求めた。

「ああ。あの病の侍だろう」

　後棒の善助が頷いた。

「病……」

　雲海坊は眉をひそめた。

「ああ。連れの女が、侍は心の臓の病だから静かにやってくれと云いましてね」

　おすみと一緒にいた背の高い瘦せた侍は、心の臓の病に罹《かか》っている。

雲海坊は、意外な思いに駆られた。

「それで侍と女、何処に行ったんだい」

「駕籠に乗ったのは侍だけでな。女はここで別れたんだぜ」

おすみは、侍を辻駕籠に乗せて別れていた。

「女、それから何処に行ったか分かるか」

「さあ、この人込みだからなあ……」

「じゃあその病の侍、駕籠に乗って何処に行ったんだい」

「さあなあ……」

権六は煙管をくゆらせた。

「思い出してくれねえかな」

雲海坊は、権六に小粒を握らせた。

「こいつはすまねえな」

「気にするな。で、駕籠の行き先は……」

雲海坊と権六は、相手の腹の内を知った笑みを浮かべてやりとりした。

「確か下谷の練塀小路だったな」

権六は、後棒の善助に雲海坊に貰った小粒を見せた。

「ああ……」

善助は笑顔で頷いた。

心の臓を患う侍は、辻駕籠で下谷練塀小路に行った。そして、おすみは何処に行ったのか。

雲海坊は、おすみの足取りを考えた。

「雲海坊の兄貴……」

しゃぼん玉売りの由松がやって来た。

「おお。来てくれたか……」

「へい。如何ですかい」

由松は眉をひそめ、立場で休んでいる辻駕籠を眺めた。

「うん。今、聞いたんだがな……」

雲海坊は、辻駕籠に乗った侍が心の臓を患っており、おすみと立場で別れた事を教えた。

由松は眉をひそめた。

「それで、その侍、辻駕籠に乗って何処に行ったんですか」

「下谷の練塀小路だそうだ」

「兄貴。その侍、ひょっとしたら田村縫之助さまじゃありませんか」

由松は唖然《あぜん》とした。

「田村縫之助……」

雲海坊は眉をひそめた。

浅草広小路は、浅草寺の参拝客や見物客で賑わっていった。


南町奉行所の庭先には、木洩れ日の煌めきが揺れていた。

久蔵は、弥平次を用部屋に招き入れた。

弥平次は、久蔵に幸吉と雲海坊からの報せを伝えた。

「おすみと田村縫之助は、知り合いだったのか……」

久蔵は唸《うな》った。

「はい。調べてみたところ、おすみが川越から江戸に出て来て最初に奉公した先が、田村さまのお屋敷だったのです」

「田村の屋敷……」

「ええ。下男奉公をしていた叔父を頼って来たそうでしてね。半年ほどで米屋に奉公代えをしていました」

「その半年の間に縫之助とおすみは親しくなった訳か……」

久蔵は眉をひそめた。

「きっと……」

弥平次は頷いた。

「となりゃあ、おすみが言い残した田村ってのは、その後に縫之助さまと続いたかい」

「違いますかね」

久蔵は、おすみが田村縫之助と情を交わしていたのに気付いた。

弥平次は、久蔵を見つめて頷いた。

「じゃあ、誰が何の為におすみを斬ったのかだな」

「そうなりますね……」

「縫之助とおすみの関わり、早苗が知ったらどうなるかな」

「おすみを斬ったのは着流しの侍です」

弥平次は静かに告げた。

「多田竜之介。今日、御家人を斬り棄てたんだな」

久蔵の眼が鋭く輝いた。

「御家人、妻を返せと叫んで斬り掛かったそうです」

「多田の野郎、人の女房を寝取ったか……」

「ええ……」

「で、斬られた御家人、どうした」

「幸吉が医者に担ぎ込みましたが……」

弥平次は首を横に振った。

「駄目だったか」

「気の毒に……」

御家人同士の斬り合いに町奉行所は口出しは出来ない。たとえ死人が出ようがそれは同じだ。多田竜之介は、不意に襲い掛かって来た相手を斬り棄てただけと判断され、短い謹慎で済むだろう。

「そんな多田竜之介の屋敷に、早苗は出入りしている……」

「はい。二人は料理屋の田村で知り合ったのかもしれません」

弥平次は頷いた。

「よし。多田竜之介から眼を離すな。俺は早苗に逢ってみる」

久蔵は覚悟を決めた。

木洩れ日は眩しく煌めいた。
雲海坊と由松は、浅草雷門の立場からのおすみの足取りを追い続けた。
幸吉は多田竜之介の動きを見張り、勇次は早苗に張り付いた。

下谷練塀小路は昼下がりの気怠さに包まれていた。
屋敷を出た早苗は、料理屋『田村』に急ぎ足で向かった。
勇次は追った。
屋敷の木戸が開き、田村縫之助の痩せた身体が揺れるように現れた。
勇次が早苗を追って行く。
縫之助は見送った。
「秋山久蔵か……」
縫之助は己を嘲笑った。

不忍池は静寂に覆われていた。
早苗は、不忍池の畔を料理屋『田村』に急いだ。

笠を被った着流しの武士が、行く手の雑木林から現れた。

早苗は、怪訝に立ち止まった。

「早苗どの、秋山久蔵だ」

着流しの久蔵は、笠を僅かにあげて顔を見せた。

「秋山さま……」

早苗は戸惑った。伽羅の香りが漂った。

「おすみを手に掛けたのは、多田竜之介だね」

久蔵はいきなり切り出した。

「おすみさんを……」

「ああ……」

「存じません」

早苗は、突きあがる動揺を懸命に押さえた。

「そうかな」

「仮に多田竜之介さまと申される方がおすみさんを殺《あや》めたとしても、私には関わりのない事にございます」

早苗の声は、引き攣《つ》れて微かに掠《かす》れた。

「おすみは縫之助と情を交わしていた。それを知ったお前さんは、多田竜之介にそれなりの報酬を与え、おすみを斬らせた」

久蔵は、早苗を見据えて告げた。

早苗は思わず顔を背け、久蔵の視線から逃れた。

睨み通りだ……。

久蔵は確信した。

「秋山さま、私は田村に尽くしました。心の臓を患い、病の床に就いた田村に私なりに一生懸命に尽くしました。いいえ。今も尽くしております」

早苗は伽羅の香りを漂わせ、久蔵から外した視線を挑むように戻した。

「武士の妻でありながら、料理屋の仲居として酔ったお客の相手をして……。武家の矜持《きょうじ》を棄て、謗《そし》りや侮《あなど》りに耐えながら……。何もかも田村の薬代欲しさに……」

早苗の眼に涙が光った。

「だが、早苗どのは裏切られた……」

「違います」

早苗は否定した。そこには、哀しさと悔しさが入り混じっていた。

久蔵は早苗を哀れんだ。哀れまずにいられなかった。

「私は裏切られてなどいません。田村は私を裏切ったりしていません」

早苗は悲痛に叫んで身を翻し、不忍池の畔を駆け戻った。

伽羅の香りが微かに残った。

雑木林から勇次が現れ、久蔵の指示を仰いだ。久蔵は尾行を命じた。勇次は頷き、早苗を追った。

早苗の最後の叫びは、自分に言い聞かせるものでしかなかった。

久蔵は見送った。

弥平次が背後に現れた。

「秋山さまの睨み通りでしたね」

「ああ……」

久蔵は、哀しさと腹立たしさを覚えた。

「どうします」

「多田竜之介を責める」

久蔵は、弥平次を従えて多田竜之介の屋敷に向かった。

多田竜之介の屋敷は、謹慎を命じられて木戸門を閉じていた。

一人暮らしで訪れる者も滅多にいない小普請組の多田竜之介にとり、謹慎処分などは大した痛痒《つうよう》を覚えるものではない。只一つ困るのは、賭場に行けない事だった。

多田竜之介は暇を持て余し、朝から酒を飲むしかなかった。

狭い庭から吹く風は、生温《なまぬる》く肌に纏わり付いた。竜之介は濡縁に寝そべり、茶碗酒を啜った。

若い御家人を斬り棄てたことに悔いはない。

竜之介は鼻先に嘲りを浮かべた。

庭先に人影が伸びた。

竜之介は、寝そべりながら人影の主を見上げた。

笠を被った着流しの久蔵が佇んでいた。

竜之介は、跳ね起きて刀を握った。

久蔵の顔は笠の陰に隠れ、苦笑する口元だけが見えた。

「何だ、おぬし……」

久蔵は笠を僅かにあげた。

「南町奉行所与力秋山久蔵だ……」

「町奉行所の与力は、御家人同士の斬り合いに関わりはねえだろう」

竜之介は嘲笑を浮かべた。

「ああ。御家人を斬った件には関わりねえ。俺が用のあるのは、千駄木の大工留助の女房おすみを斬り棄てた外道だ」

久蔵は吐き棄てた。

「なに……」

竜之介は思わず身構えた。

「手前がおすみを斬ったんだな」

久蔵は苦笑し、日差しを背にして立った。

竜之介は眩しげに眼を細めた。

「俺が何故、おすみとやらを斬らねばならぬのだ」

竜之介は酷薄な笑みを浮かべた。

「田村早苗に頼まれた……」

竜之介は僅かに狼狽した。

「見返りが金か何かは知らねえが、そいつは間違いねえはずだ」

久蔵は鋭く迫った。

「馬鹿な女だぜ。亭主と情を交わしているおすみが憎いなどと、いつくたばるか分からない亭主だ。好きにさせてやりゃあいいものを。前金五両、後金五両の安い仕事よ」

竜之介は、早苗に頼まれておすみを斬り殺したことを認めた。

「だが、こう見えても俺は直参《じきさん》、お前たちの世話にはならねえぜ」

竜之介は嘯《うそぶ》いた。

「そうはいかねえ」

久蔵は、日差しを背にして刀の鯉口《こいぐち》を鳴らした。竜之介は眩しさに眼を細め、咄嗟に片膝をついて刀を抜き放った。

刹那、日差しを背にした久蔵の身体が沈み、閃光が真っ向から斬り下ろされた。

竜之介の眼の前が真っ赤に輝いた。そして次の瞬間、眼の前は暗闇に覆われて音は一瞬にして消えた。

多田竜之介は額から血を流し、前のめりに崩れて濡縁から庭に転がり落ちた。

久蔵は、刀に拭いを掛けて鞘に納めた。

「秋山さま……」

弥平次と幸吉が庭先に入って来た。

「見ての通りだ」

久蔵は、額を斬られて絶命している多田竜之介を示した。

「はい。はっきりと聞かせていただきました」

弥平次と幸吉は頷いた。

久蔵は眩しげに日差しを眺め、笠を目深《まぶか》に被り直した。


久蔵は、弥平次や幸吉と共に多田の屋敷を出た。

「秋山さま、親分……」

勇次が血相を変えて駆け寄って来た。

「どうした、勇次」

幸吉は、眉をひそめて勇次を迎えた。

「田村さまのお屋敷の様子がおかしいのです」

「なに……」

久蔵は練塀小路に走った。弥平次が幸吉や勇次と続いた。

薄暗い座敷には伽羅の香りが溢れていた。

久蔵は濡縁に立ち尽くした。

薄暗い座敷に敷かれた蒲団には、田村縫之助と早苗の死体が並んでいた。二人の死に顔は穏やかだった。

弥平次と幸吉は、縫之助と早苗の死体を検《あらた》めた。

「どうやら、田村さまが早苗さまの首を絞めて殺し、ご自分の心の臓を脇差で突き刺したのでしょう」

「そうか……」

縫之助と早苗の枕元には、伽羅香の紫煙をのぼらせる香炉が置かれていた。

縫之助は早苗の犯した罪に気付き、その原因となった己を責めた。そして、久蔵の手が迫っているのを知り、何もかもが終わりに近づいていると覚悟した。

縫之助は戻って来た早苗を抱き、その首を絞めた。早苗は、安心したような微笑みを浮かべて絶命した。縫之助は早苗の死を見届け、己の心の臓に刃を突き立てた。

久蔵は、哀れさと虚しさを覚えた。

伽羅香の紫煙は揺れてのぼった。

久蔵は立ち尽くした。

料理屋『田村』は繁盛していた。

離れ屋の賭場は、今夜も客で賑わっている。

久蔵は、筆頭同心稲垣源十郎と定町廻りの神崎和馬、臨時廻りの蛭子市兵衛たちに捕物出役を命じた。

稲垣源十郎は、料理屋『田村』の周囲を捕り方たちに包囲させ、夜が更けると同時にその輪を縮めた。そして、夜が明けた時、稲垣は捕物出役の開始を命じた。

和馬は雨戸を蹴破って雪崩《なだ》れ込み、市兵衛は逃げ惑う客たちを捕らえていった。

稲垣に容赦はない。

博奕打ちと客たちは蹴散らされ、次々とお縄にされた。そして、弥平次と幸吉たちは、料理屋『田村』の清兵衛と女将のお登世をお縄にした。

数人の博奕打ちが、脇差や匕首《あいくち》を振り廻して逃げようとした。怒号と悲鳴が飛び交い、血と汗が激しく散った。

「我ら町奉行所は生かしたまま捕らえるのが役目。だが、手に余る者には容赦は無用。叩き斬れ」

久蔵の怒声が響いた。
不忍池は朝陽に煌めき、暑い夏の一日が始まった。

第三話

乱心者

一

文月《ふづき》――七月。

〝井戸替え〟が行われる。

〝井戸替え〟とは、井戸の内側を浄め、落葉や塵《ちり》を拾い、底をさらって綺麗にする。町家の共同井戸などは、大家以下総動員で行われる。

両国広小路は見世物小屋や露店が連なり、通行人や見物人で賑わっていた。

長さ九十六間の両国橋は大川に架かり、本所《ほんじょ》に続いている。

両国橋の西詰には橋番所があり、露店などが並んでいた。その中に、柳橋の弥平次の手先を務めている雲海坊が経を読んで托鉢をしていた。

経を読む雲海坊の椀には、数枚の文銭が入れられていた。

昼下がりの両国広小路は、見世物小屋などの見物客の驚きと笑い声が溢れている。

雲海坊は、経を読みながら行き交う人々を眺めていた。

行き交う人々にとり、道端で経を読む托鉢坊主は石ころや置き看板と同じだ。通行人は同行者に笑顔を見せ、次の瞬間には反対側を向いて舌を出す。たとえ反対側に托鉢坊主がいても、石ころ同様に無視して舌を出す。

それが人というものだ……。

雲海坊は苦笑し、大川と神田川の交差する処にある両国稲荷に視線を移した。

両国稲荷の前には、羽織袴《はおりはかま》の若い武士が佇んで雑踏を眺めていた。

羽織袴の若い武士は、雑踏から視線を空に移した。

空は何処までも蒼い。

羽織袴の若い武士は、眩しげに眼を細めて大きく息をついた。そして、己に何かを言い聞かせるかのように眼を瞑《つむ》った。

何をしている……。

雲海坊が怪訝に眉をひそめた時、羽織袴の若い男は、かっと眼を見開いて刀を抜いた。

刀は日差しに輝いた。

若い羽織袴の武士は、己を始めとした何もかもを棄てるような雄叫《おたけ》びをあげた。

傍にいた通行人たちが驚き、悲鳴をあげて散った。

羽織袴の若い武士は、輝く刀を振り廻して猛然と雑踏に駆け込んだ。

悲鳴と怒声が飛び交い、人々は我先に逃げ散った。羽織袴の若い武士は、訳の分からない事を叫び、刀を振りかざして駆け廻った。

「乱心だ。乱心者だぁ」

人々は叫び、逃げ惑った。

危ねえ……。

雲海坊は、錫杖を握り締めて羽織袴の若い武士を追った。橋番所から番人たちが飛び出し、柳橋から南町奉行所同心の神崎和馬と幸吉が駆け付けて来た。

雲海坊は、羽織袴の若い武士を追った。

羽織袴の若い武士は、顔を歪めて訳の分からない事を叫んで刀を振り廻していた。刀はきらきらと美しく輝いた。

羽織袴の若い武士は、恐ろしげな面持ちで遠巻きにしている人々の中を駆け廻る。

「雲海坊……」

和馬と幸吉が息を鳴らした。

「いきなり暴れ出した」

「乱心者か……」

羽織袴の若い武士は、髷《まげ》と着物を乱して雲海坊、和馬、幸吉に狂ったように突進して来た。

雲海坊は、咄嗟に錫杖を投げ付けた。羽織袴の若い武士は、錫杖を躱し損なって肩に受け、大きく仰け反った。同時に和馬と幸吉が、十手をかざして羽織袴の若い武士に襲い掛かった。

和馬と幸吉は、二人掛かりで羽織袴の若い武士の刀を奪い取り、必死に押さえ込んだ。だが、羽織袴の若い武士は、刀を奪われても暴れた。和馬は、羽織袴の若い武士を十手で撲《なぐ》り飛ばした。羽織袴の若い武士は気を失った。幸吉は、羽織袴の若い武士に早縄を打ち、橋番所の番人たちの持って来た戸板に乗せた。そして、橋番所に素早く連れ去った。

雲海坊は錫杖を拾い、深い吐息を洩らして呼吸を整えた。

逃げ惑っていた人々の間に安堵の風が流れた。

「怪我人はいないか。怪我をした者はいないか」

和馬は叫んだ。

「お役人さま……」

数人の怪我人が出て来た。だが、怪我人は皆、逃げる時に転んだりぶつかっての怪我ばかりだった。

「奴に斬られた者はいないようですね」

「ああ、不幸中の幸いって奴だ」

和馬は笑い、橋番所に向かった。

雲海坊は、托鉢を止めて柳橋に向かった。

柳橋は大川と合流する神田川に架かっている。

雲海坊は柳橋に向かった。

柳橋の袂に古い蕎麦屋『藪十《やぶじゅう》』があり、主の長八《ちょうはち》が掃除をしていた。

「精が出ますね」

雲海坊は微笑んだ。

「ご苦労だったな。親分がお待ちかねだぜ」

長八は雲海坊を労《いた》わり、囁いた。

「はい……」

雲海坊は、柳橋を渡って船宿『笹舟』に急いだ。

蕎麦屋『藪十』の主の長八は、岡っ引・柳橋の弥平次の手先を長年務めている男だ。

雲海坊は、船宿『笹舟』の船着場に向かった。

船着場には、親方の伝八《でんぱち》を始めとした勇次たち船頭がいた。

「大騒ぎだったな」

伝八が眉をひそめた。

「ええ。死人が出なくて何よりでしたよ」

「雲海坊の兄い。野郎、乱心者ですか」

勇次は身を乗り出した。

「きっとな……」

雲海坊は汚れた手甲脚絆《てっこうきゃはん》を外し、手足と顔を洗った。

濡縁から見える大川には荷船が行き交っていた。

「ほう、刀で斬られた怪我人は、一人もいないのかい」

弥平次は戸惑った。

「はい。あれだけ暴れ廻ったんですがね。和馬の旦那も不幸中の幸いだと仰っています」

　雲海坊は小さく笑った。

「まったくだ。で、侍が何処の誰かは分かったのか」

「そいつは今、和馬の旦那と幸吉の兄貴が調べているはずで……」

「そうか。ところで雲海坊。あの侍、本当に血迷った乱心者かい」

　弥平次は、雲海坊に厳しい眼差しを向けた。

「一応は……」

　雲海坊は、屈託のある顔で頷いた。

「詳しく話してみな」

　弥平次は促した。

「はい。あの侍、訳の分からない事を叫んで刀を振り廻していましたが、暴れ出す前、両国稲荷の前にしばらく佇んでいましてね」

「佇んでいた時の様子は……」

「そいつが何か思い悩んでいるような。暴れる事もなく大人しかったんですがね」

　雲海坊は首を捻った。

「そいつが急に暴れ出したか……」

弥平次は眉をひそめた。

「ええ。親分、人ってのはいきなり乱心するもんですかね」

「さあ、よく分からないが、いきなりってのはどうかな……」

弥平次は困惑を見せた。


南町奉行所与力秋山久蔵は、内与力《うちよりき》の谷口九郎兵衛《たにぐちくろべえ》に呼ばれた。

〝内与力〟とは、久蔵たちとは違い、町奉行自身の家来である。つまり、南町奉行の荒尾但馬守《あらおたじまのかみ》の家来であり、将軍家直参の旗本や御家人ではない。だが、町奉行との関わりが深いだけ、他の与力より優位に立っていた。

「何用ですか……」

久蔵は、谷口の用部屋に入った。

「おお、秋山どの。先ほど報せが届いたのだが、評定所《ひょうじょうしょ》の書役《かきやく》が乱心の挙句、上役に刃傷《にんじょう》に及び、辰ノ口《たつくち》の評定所を飛び出した」

「何ですと……」

久蔵は眉をひそめた。

「その書役、評定所を飛び出して何処に行ったのです」

「それが、両国か神田か詳しく分からぬそうでして、我が町奉行所に助成を仰いで来た。如何致したらよかろう」

谷口は久蔵に縋った。

「如何致すも何も、刃傷を働いた乱心者を野放しには出来ません。町方の者に死人でも出れば、お上のご威光は地に落ちる。さっさと見つけてお縄にするしかないでしょう」

久蔵は、同心詰所に居合わせた定町廻り同心や臨時廻り同心と小者たちを神田・両国に走らせ、評定所に急いだ。


羽織袴の若い武士は、早縄を打たれたまま呆然としていた。

和馬と幸吉は身許を尋ねた。だが、羽織袴の若い武士は、何の反応も示さず虚《うつ》ろな眼差しで宙を見つめていた。

「和馬の旦那……」

幸吉は眉をひそめた。

「ああ。普通だったら町方に縄を打たれて大人しくしているはずはない」

和馬は、呆然と座っている羽織袴の若い武士を見下ろした。

「やっぱり乱心者ですかい」

「きっとな……」

「どうします。羽織袴から見て御直参かお大名の御家中。いつまでもこのままにはしておけませんぜ」

「よし。大番屋に連れて行くしかあるまい」

和馬と幸吉は辻駕籠を呼び、羽織袴の若い武士を早縄を打ったまま乗せ、南茅《みなみかや》場町《ばちょう》の大番屋に引き立てた。

大番屋の詮議場《せんぎじょう》に移されても、羽織袴の若い武士は虚ろな眼差しで黙っていた。

和馬と幸吉は、羽織袴の若い武士の身許を何とか突き止めようとした。


辰ノ口の評定所は、刃傷騒ぎの余韻が治まらずどことなく浮き足立っていた。

久蔵は、知り合いの評定所留役・森野総十郎《もりのそうじゅうろう》に事情を尋ねた。

評定所書役・加納新八郎《かのうしんぱちろう》は、上役である評定所留役頭の大野忠太夫《おおのちゅうだゆう》をいきなり脇差で突き刺し、何事かを喚《わめ》きながら評定所を飛び出して行った。刺された大野忠太夫は即死し、評定所は刃傷沙汰《ざた》で騒然《そうぜん》となった。

大野忠太夫と加納新八郎は、以前から仲が悪くて揉め事が多かった。大野忠太夫は横柄で狷介固陋《けんかいころう》な質《たち》であり、若い加納新八郎と何かにつけて揉めていた。その結果が刃傷沙汰になった。

久蔵に急報が届いた。

両国広小路に乱心者が現れ、刀を振り廻して暴れているという報せだった。

乱心者は加納新八郎か……。

久蔵は両国広小路に急いだ。

両国広小路はすでに平穏を取り戻していた。

久蔵は両国橋の橋番所を訪れた。そして、乱心者が和馬と幸吉に捕らえられ、大番屋に引き立てられたのを知った。

人相風体から見て、乱心者は評定所書役の加納新八郎に違いないようだ。

久蔵はそう睨んだ。

「秋山さま……」

柳橋の弥平次が橋番所にやって来た。弥平次は、橋番所の番人に久蔵が来たら報せるように頼んでいた。

「親分、乱心者の面、見たか」

「いいえ……」

弥平次は首を横に振った。

「よし。話す事がある。一緒に大番屋に行こう」

「私もお話が。お供致します」

久蔵と弥平次は、南茅場町の大番屋に向かった。

二人は南茅場町の大番屋に行くまでの間、お互いの持っている情報を交換した。

久蔵は、評定所での刃傷沙汰を……。

弥平次は、乱心者が一人として人を傷付けなかった事を……。

久蔵と弥平次は浜町堀を渡り、堀江町《ほりえちよう》から小舟町《こぶなちよう》を抜け、日本橋川を鎧之渡《よろいのわたし》で越えて南茅場町に入った。

大番屋が行く手に見えた。

大番屋の詮議場はひんやりとしていた。

羽織袴の若い武士は、早縄を打たれたまま土間に敷かれた筵に座っていた。その眼の焦点は定まらず、口もだらしなく開いたまま黙り込んでいた。

和馬と幸吉は、沈黙したままの羽織袴の若い武士に手を焼いていた。

戸が開き、久蔵が入って来た。

和馬と幸吉は、久蔵のいきなりの登場に戸惑った。刹那、久蔵は羽織袴の若い武士に抜き打ちの一刀を放った。

抜き打ちの一刀は閃光となって羽織袴の若い武士の鼻先で瞬《またた》いた。一瞬、羽織袴の若い武士の虚ろな眼に精気が瞬いた。だが、羽織袴の若い武士は身じろぎもしなかった。

久蔵は見定めた。

「秋山さま……」

和馬と幸吉は困惑した。そして、弥平次が入って来た。

久蔵は刀を鞘に納め、框に腰掛けて羽織袴の若い武士と向かい合った。

羽織袴の若い武士は、乱心に揺れる眼差しを久蔵に向けた。

久蔵は微笑んだ。

乱心に揺れる眼差しに警戒が湧いた。

「評定所書役、加納新八郎さんだね」

久蔵は微笑んだまま尋ねた。

羽織袴の若い武士は、突きあがる動揺を必死に隠した。

だが、久蔵は見逃しはしなかった。

久蔵の睨み通り、羽織袴の若い武士は加納新八郎なのだ。

「加納新八郎、どうして乱心を装う」

新八郎は虚空《こくう》を必死に見つめ、湧きあがる動揺を必死に隠した。

「そいつは、上役の大野忠太夫を刃傷沙汰で殺した罪から逃れたいからかい」

久蔵は、微かな嘲りを滲ませた。

新八郎は、思わず顔を強張《こわば》らせた。

弥平次、和馬、幸吉は見守った。

「乱心者となりゃあ、扶持米《ふちまい》を取り上げられても、命までは取られはしねえ。そいつが狙いで下手《へた》な芝居を打っている。お前さんがまともなのは、暴れた両国広小路で誰にも刀傷を負わさなかったのが証だよ。違うかい」

久蔵の睨みは、新八郎を鋭く貫いた。

新八郎は、思わず〝違う〟と叫ぼうとした。だが、言葉を飲んで必死に耐えた。

久蔵は苦笑した。

「まあ、いい。評定所書役の御家人加納新八郎だと認めないのなら、おぬしは今のところ、身許不明の只の乱心者。しばらく大番屋に泊まって貰うぜ」

久蔵は加納新八郎を牢に入れ、捜索に散った同心と小者たちを町奉行所に引き上げさせた。

評定所書役・加納新八郎は、上役である留役頭・大野忠太夫を乱心の挙句に刺し殺し、両国広小路で暴れ廻って捕らえられた。

久蔵は、弥平次、和馬、幸吉、雲海坊を屋敷に呼んだ。

「来て貰ったのは他でもねえ。乱心者の加納新八郎の事だ」

久蔵は、酒を飲みながら話を切り出した。

「はい……」

和馬は頷いた。

弥平次、幸吉、雲海坊は、久蔵の次の言葉を待った。

「野郎は、明日にでも評定所書役の加納新八郎だとして引き取られ、己の屋敷に閉じ込められるだろう。そして、乱心者と認められれば追放、乱心が偽りだと知れれば打ち首、良くて切腹……」

久蔵は読んだ。

和馬、弥平次、幸吉、雲海坊たちは猪口を置いていた。

「気になるのは、新八郎がどうして上役を手に掛け、乱心を装って生き延びようとしているのかだ」

久蔵は酒を飲んだ。酒は冷たく五体の隅々に染み渡った。

「命を惜しんでいるだけじゃありませんか」

和馬は眉をひそめた。

「俺にはそう見える」

久蔵は頷いた。

「秋山さま、加納新八郎さんは何故、上役の大野忠太夫さまに刃傷を働いたんですかね。本当に乱心者ならば偶々という事もあるでしょうが、乱心が偽りならば狙った理由があるはずです……」

弥平次は首を捻った。

「ああ。刃傷沙汰で殺された大野忠太夫はどんな野郎だったのか。加納新八郎とは何か揉めていたのか……」

久蔵は、手酌で猪口に酒を満たした。

「それから、乱心者を装う理由は只一つ」

「生きていたいからですか……」

雲海坊が眉をひそめた。

「その通りだ。そして、まだ何かを企てており、そいつを成就《じょうじゅ》させたいからに違いない」

久蔵は、猪口の酒を飲み干した。

弥平次、和馬、幸吉、雲海坊は、久蔵の睨みに緊張し、喉を鳴らした。

加納新八郎は、まだ何かを企てていてそれを実行する為、乱心者を装っているのだ。

「分かりました、秋山さま。私と幸吉は、加納新八郎に殺された大野忠太夫を調べてみます」

和馬は身を乗り出した。

「じゃあ、私と雲海坊は加納新八郎さんに張り付いてみましょう。いいな、雲海坊」

「承知しました」

雲海坊は頷いた。

「よし。相手は評定所の連中だ。くれぐれも気をつけてな」

久蔵は微笑み、手を叩いた。

香織を先頭にし、お福と与平が賑やかに料理を運んで来た。

二

両国広小路で白刃を振るった乱心者は、評定所留役・森野総十郎の証言で書役・加納新八郎だと判明した。

加納新八郎は、森野たち評定所の役人と徒目付《かちめつけ》たちによって下谷御徒町の組屋敷に押し込められ、公儀の仕置を待つ身になった。

弥平次は、雲海坊としゃぼん玉売りの由松を加納屋敷に張り付け、新八郎の動きを見張った。

新八郎は、一年前に祝言をあげた妻の美佐枝《みさえ》と二人暮らしであり、その屋敷は徒目付たちの監視を受けていた。

雲海坊と由松は、加納屋敷を見張ると共に新八郎の人となりを調べ始めた。

和馬と幸吉は、加納新八郎の刃傷を受けて死んだ留役頭の大野忠太夫の人柄と身辺を洗った。

評定所留役頭の大野忠太夫は、湯島六丁目から春木町に入った処に屋敷があり、妻と三人の子と暮らしていた。

大野は、上には弱く下には強い典型的な小役人であり、配下の者に横柄な狷介固陋な男だった。

加納新八郎も大野の配下の一人であり、普段から嫌味を云われ、馬鹿にされていた。

大野が残忍なのは、配下の一人を浮き上がらせて仲間たちに苛《いじ》めさせるところにあった。新八郎と親しかった書役の横山千之助《よこやませんのすけ》は、大野に苛め抜かれた挙句に乱心し、妻子を道連れに首を吊っていた。

「酷い人ですね」

幸吉は呆れた。

「まったく武士の、いや男の風上にも置けねえ野郎だぜ」

和馬は吐き棄てた。

「加納さんに殺されても文句は云えませんか」

「ああ、俺だってやっているさ」

和馬は自信を持って断言した。

「良かったですね。上役に恵まれて……」

幸吉は笑った。

「ありがてえ話よ」

和馬は真剣な面持ちで頷いた。

「ですが、それだけですかね、刃傷沙汰の理由は……」

幸吉は首を捻った。

「足りないっていうのか……」

和馬は、不服気に眉をひそめた。

「いえ、充分だとは思いますが、加納さんに一年前に貰ったばかりのご新造《しんぞう》さまがいるのが気になりましてね……」

「貰ったばかりのご新造さんか。そう云われれば、刃傷沙汰の理由、もっとあるのかも知れねえな」

「そいつを突き止めなけりゃあ、加納さんがこれから何をしようとしているのか、分からないかもしれませんよ」

「よし。殺された大野と加納自身の関わり、詳しく調べてみよう」

「承知……」

和馬と幸吉は探索を続けた。

下谷御徒町は夕陽に染まっていた。

加納屋敷の木戸門は閉ざされ、徒目付たちに監視をされていた。

新八郎と妻の美佐枝は、他人との接触を禁じられており、屋敷に出入りを許されているのは棒手振りの商人ぐらいだった。

加納屋敷は静寂に包まれていた。

雲海坊と由松は、加納屋敷の斜向かいの屋敷の家作に陣取っていた。

小旗本や御家人は、扶持米の足りない分、家作を造って他人に貸し、暮らしの糧《かて》にしていた。雲海坊と由松は、斜向かいの屋敷に空いている家作を見つけて借り、その窓から加納屋敷を監視した。

「どうだ……」

弥平次は、弁当と酒を持って雲海坊と由松の借りた家作を訪れた。

「はい。加納さんとご新造、隣り近所の評判は良いですね」

「上役相手に刃傷沙汰を起こしたなんて、信じられないと口を揃えています」

由松は、茶を淹れて弥平次に差し出した。

「そうかい。ところでご新造の美佐枝さま、どういう家の出なんだい」

「ご新造ですか……」

雲海坊は眉をひそめた。

「ああ……」

「確か御家人の家の出だと聞きましたが」

「御家人か……」

「ええ。調べてみますか」

「うん。明日にでも頼むよ」

「分かりました」

雲海坊は頷いた。

「さあ、見張りは俺が交代する。腹ごしらえをしてくれ」

弥平次は窓辺に寄り、雲海坊と由松に弁当を食べるように勧めた。

動くとしたら夜だ……。

弥平次は、雲海坊や由松と家作から見張りを続けた。

夕陽は閉められた雨戸の隙間から赤く差し込んでいる。

新八郎は、薄暗い座敷に端座していた。

その顔に乱心している様子は毛筋ほどもなく、厳しさを漂わせていた。

燭台の明かりが揺れながら近づいて来た。

「あなた、明かりをお持ちしました」

美佐枝は、明かりを灯した燭台を持って来て座敷に置いた。

「うむ……」

新八郎は、燭台の明かりに照らされて微笑んだ。

「今夜はお酒を戴きましょう」

美佐枝は明るく笑った。

「そいつはいいな」

新八郎は苦笑した。

「何がおかしいのですか……」

「いや。美佐枝と一緒になって一年。酒を勧められたのは初めてだと思ってな」

「左様にございましたか……」

美佐枝は惚けた。

新八郎は声をあげて笑った。

美佐枝も口元に手を当て声を揃えた。

刃傷沙汰で上役を手に掛け、仕置を待っている乱心者とその妻とは思えない屈託のなさだった。

「では、夕餉の仕度を……」

美佐枝は笑いを納め、座敷から立ち去った。

夕陽は雨戸の処々にある隙間から赤い斜光となって暗い廊下を照らしている。

廊下に出て来た美佐枝は、赤い斜光の中にしゃがみ込んだ。そして、肩を小刻みに揺らし、溢れる嗚咽《おえつ》を着物の袖で押し殺した。

赤い斜光は、牢獄の格子のように嗚咽を洩らす美佐枝を捕らえていた。

新八郎は静かに刀を抜いた。

白刃は燭台の明かりを受けて鈍色《にびいろ》に輝いた。

新八郎は輝く白刃を見つめた。

鈍色に輝く白刃に、南町奉行所与力の秋山久蔵の顔が浮かんだ。

「剃刀久蔵……」

白刃に浮かんだ久蔵は、皮肉な笑みを浮かべていた。

乱心が偽りだと気付きながら、久蔵はどうして内緒にしているのだ。

新八郎は云い知れぬ不気味さを覚え、浮かんだ久蔵の顔を振り払うように刀を鋭く一閃した。

燭台に灯された火が一瞬で消え、細い煙が揺れて昇った。

「邪魔はさせぬ……」

新八郎は暗闇を見据えた。その眼には揺るがぬ覚悟が秘められていた。


小料理屋の提灯に三味線の爪弾きが洩れていた。

女将は、酒と肴を置いて座敷を出て行った。

「いきなり呼び出して申し訳ねえな」

久蔵は徳利を差し出した。

「うむ……」

評定所留役・森野総十郎は、迷惑そうな顔をして猪口を差し出した。

「知っての通り、刃傷騒ぎの始末で何かと忙しくてな」

久蔵は、森野の猪口に酒を満たした。

「始末は始末でも、殺された大野さんの所業の後始末か……」

久蔵は笑い掛けた。

森野の猪口を持つ手が震え、酒が零れた。

殺された大野忠太夫の所業は、武士として許されるものではない。加納新八郎を仕置するのには、乱心して刃傷に及んだ理由を公にしなければならない。だが、理由を公にすれば、大野の所業を止めなかった森野たち留役も厳しいお叱りを受け、責めの一端を担わなければならない。

森野たち留役は、その対策に忙しいのだ。

南町奉行所与力・秋山久蔵は、殺された大野忠太夫の所業を知っている。

剃刀久蔵……。

森野は、久蔵の渾名《あだな》を思い出し、微かに身を震わせた。

「で、加納新八郎も大野さんに苛めの的にされていたのかい」

「いや。加納は嫌味は云われていたが、苛めの的にされてはいなかった」

「じゃあ、大野さんに苛め抜かれたのは、女房子供を道連れに首を括《くく》った横山千之助の他に誰もいないのかな」

「拙者の知る限りでは……」

森野は手酌で酒を呷った。

「じゃあ、大野の苛めの尻馬に一番乗っていたのは誰だい」

加納新八郎が乱心を装って命を永らえる理由は、大野の他にも苛めを働く者がおり、それを狙っているからなのだ。

「それは……」

森野は言葉に詰まった。

「いるんだな」

久蔵は、森野を鋭い眼差しで見つめた。

「秋山さん……」

森野は顔を歪め、縋る眼差しを久蔵に向けた。

「誰だい。そいつは」

久蔵は、構わず畳み掛けた。

「勘定組頭の佐藤貢之助《さとうこうのすけ》さまです」

森野は深々と吐息を洩らした。

勘定組頭の佐藤貢之助……。

評定所は勘定奉行所の支配下にある。そして、勘定組頭は十五人おり、その中の一人が評定所を預かっている。その勘定組頭が佐藤貢之助だった。

「その佐藤貢之助が、大野の尻馬に乗って苛めを楽しんでいたのかい」

「ああ。大野さまは配下への苛めと、その狼狽振りを面白おかしく、佐藤さまとの酒の席での肴にしてご機嫌を……」

「その佐藤貢之助、加納の刃傷沙汰を何て云っているんだい」

「自分には何の関わりもないと……」

森野は項垂《うなだ》れた。

「薄汚ねえ野郎だな……」

久蔵は怒りを滲ませ、酒を飲み干した。

「秋山さん。佐藤さまの事、拙者が洩らしたとは……」

森野は怯えていた。

「云われるまでもねえ。それより佐藤貢之助と加納新八郎、何か関わりがあるのかな」

「さあ、そいつは……」

森野は首を捻った。

「分からねえか……」

「はい……」

森野は、この世で最後の酒を飲むかのように手酌で呷った。

久蔵は苦笑した。

勘定組頭・佐藤貢之助……。

加納新八郎が、乱心を装って狙っている相手なのかも知れない。だが、大野忠太夫の苛めの尻馬に乗っていただけで、新八郎はその命を狙うだろうか。

久蔵は思いを巡らせた。

三味線の爪弾きは切れ切れに続いていた。


日下《くさか》美佐枝……。

それが、加納新八郎の妻・美佐枝の旧姓だった。

雲海坊は、日下家のある本所北割下水《きたわりげすい》に向かった。だが、北割下水に日下家はなかった。

美佐枝の実家日下家は、去年の冬に取り潰しになっていた。

雲海坊は驚き、取り潰しの理由を探った。

日下家は、主で美佐枝の父親の孫兵衛《まごべえ》が病死し、家督を継ぐ者がいなくて取り潰しになっていた。

家督を継ぐ者がいない……。

滅多にある話ではない。

雲海坊は眉をひそめた。

一人娘の美佐枝しか子のいない日下家としては、養子を貰って家督を継がせれば良い話だ。孫兵衛も親類筋の部屋住みを日下家の養子に迎えようとした。だが、親類筋の部屋住みの養子話は纏《まと》まる事もなく、孫兵衛は病死し、日下家は取り潰しになっていた。

養子話はどうして纏まらなかったのか……。

雲海坊は思いを巡らせ、探索を進めた。


勘定組頭・佐藤貢之助……。

南町奉行所臨時廻り同心の蛭子市兵衛は、久蔵に命じられて加納新八郎との関わりを調べ始めた。

勘定組頭・佐藤貢之助は、百五十石取りの旗本で小石川牛天神《こいしかわうしてんじん》傍に屋敷があった。

市兵衛は小石川に赴き、佐藤屋敷の周辺の聞き込みから始めた。

佐藤貢之助の家族は、妻の他に家督を継ぐ嫡男と部屋住みの次男の四人だった。

勘定組頭として評定所を預かっている佐藤は、役料の他に大名や旗本からの付け届けも多く、懐は裕福だと噂されていた。何もかもが順調な佐藤家の唯一の悩み事は、部屋住みの次男の身の振り方だった。

佐藤は、次男を他家の養子にしようとしていた。だが、都合のよい養子話はなかなかなかった。

そんな佐藤貢之助と加納新八郎に関わりはあるのか……。

市兵衛は探索を急いだ。


加納新八郎と妻の美佐枝に動きはなかった。

徒目付たちの監視は続き、弥平次と由松は見張りの手を緩めなかった。


大野忠太夫と加納新八郎に私的な付き合いはなく、あくまでも評定所での関わりがあるだけだった。だが、和馬と幸吉には、加納が横山千之助の自害を恨んでだけの刃傷とは思えなかった。

加納が刃傷に及んだ原因は、大野の身辺に必ず潜んでいる……。

和馬と幸吉は、探索を地道に続けた。そして、大野が上役である勘定組頭の佐藤貢之助と公私ともに親しく付き合っていたのが分かった。

佐藤貢之助は、勘定組頭として評定所を預かっている。それであれば、加納とも関わりがあるのは当然だ。

「勘定組頭の佐藤貢之助か……」

「どうします。調べてみますか」

「ああ。ひょっとしたらひょっとするかも知れないからな」

和馬は、微かにでも望みがあれば懸けてみるつもりだった。

「じゃあ、小石川に行きますか……」

「うん」

和馬と幸吉は、佐藤貢之助の屋敷のある小石川に向かった。

本所回向院《えこういん》の鐘が未《ひつじ》の刻八つ（午後二時）を告げた。

広い境内に参拝客が行き交い、子供たちが歓声をあげて遊んでいた。

雲海坊は、御家人の隠居・大林嘉門《おおばやしかもん》と境内の茶店にいた。

大林嘉門は、美佐枝の父親で病死した日下孫兵衛の親しい碁敵《ごがたき》だった。雲海坊は生前の孫兵衛の暮らしぶりを調べ、碁敵の大林嘉門に辿り着いた。

「ではご隠居さま、日下さまの家は親類のご子息が継ぐはずだったのですか」

雲海坊は身を乗り出した。

「左様、孫兵衛はそう決めていた」

嘉門は茶を啜った。

「ですが、日下家は家督を継ぐ者がいなくてお取り潰しになりました。ご隠居さまはその理由をご存知なのですか……」

雲海坊は眉をひそめた。

「横槍が入ったんだよ」

「横槍……」

「ああ。孫兵衛が勘定奉行所でお役目に就いていた頃の上役が、自分の部屋住みの倅《せがれ》を養子にしろと捻《ね》じ込んで来たんだよ」

「そいつは図々しい話ですね」

雲海坊は呆れた。

「ああ。日下家は一人娘の美佐枝どのも嫁いでおり、孫兵衛はかつての上役の倅を養子にする話を蹴ったんだ。そうしたら……」

嘉門は、茶を啜りながら淡々と語り続けた。

遊ぶ子供たちの笑い声が、境内に愉しげに響き渡った。


佐藤貢之助の屋敷は、小石川牛天神の近くにあった。

和馬と幸吉は二手に別れ、佐藤屋敷の周辺から聞き込みを開始した。

幸吉は連なる武家屋敷の下男や女中たちに聞き込み、和馬は武家屋敷に出入りを許されている小間物屋や貸本屋などの行商人に当たった。

「和馬の旦那……」

幸吉が和馬の許に駆け寄って来た。

「どうした……」

「どうも妙なんですよ」

幸吉が眉をひそめた。

「何が……」

「佐藤貢之助さまの事を、訊いて廻っているお役人がいるそうですよ」

「役人って同心か」

和馬は戸惑った。

「ええ……」

幸吉は頷いた。

「何処の誰なんだ……」

和馬は、思わず辺りを見廻した。

武家屋敷の外れに巻羽織《まきばおり》の同心の姿が現れた。

「幸吉……」

和馬は、幸吉を促して物陰に隠れた。

巻羽織の同心は、のんびりとした足取りでやって来る。

和馬と幸吉は物陰から窺った。

「和馬の旦那、蛭子の旦那ですよ」

幸吉は驚いた。

「市兵衛さん……」

和馬と幸吉は物陰を走り出た。

「やあ。和馬、幸吉、小石川に何か用か……」

市兵衛は、飯を食べて来たのか爪楊枝《つまようじ》を咥《くわ》えながら笑った。

三

久蔵は呆れたように笑った。

「つまり何か。刃傷沙汰で殺された大野忠太夫は評定所を預かっている勘定組頭の佐藤貢之助に取り入っていて、その佐藤貢之助は、加納新八郎の女房美佐枝の実家の日下家に部屋住みの次男を養子に送り込もうとして失敗したってわけか……」

雲海坊は頷いた。

「はい。美佐枝さまのお父上さまの日下孫兵衛さまは、元は勘定方のお役目に就かれており、佐藤貢之助とは上役と配下。佐藤はそいつをいい事に部屋住みの次男を日下家の養子にしようと企んだ。ですが、日下孫兵衛さまは頷かなかった。そうしたら、佐藤さまは娘婿《むすめむこ》の加納新八郎さまが評定所で苦労をするだろうと云ったそうです……」

雲海坊は、日下孫兵衛の碁敵の大林嘉門から聞いた話を告げた。

「部屋住みの倅を養子にしなければ、娘婿が苦労するか。汚ねえ脅しだな……」

久蔵は嘲りを浮かべた。

「大野さまに命じて加納さんを苛めますか」

控えていた弥平次は眉をひそめた。

「そんなところだろうな」

久蔵は吐き棄てた。

「日下さまは大野さまの苛めっぷりを知っており、思い悩んだそうです。それを知った加納さんは自分は心配ない、父上の武士としての矜持と意地を通してくれと仰ったそうです」

「それで日下孫兵衛は、佐藤の倅を養子にするのを断ったか……」

「はい。養子にすると決めていた親類筋の若者にも申し訳が立つと、日下家の断絶を覚悟したそうです」

「気の毒に……」

久蔵は孫兵衛を哀れんだ。

「日下さまはその後、病で亡くなりましたが、碁敵のご隠居の話じゃあ、その時の心労が響いたのだろうと……」

雲海坊は吐息を洩らした。

「よく分かった。雲海坊、ご苦労だったな」

久蔵は雲海坊を労った。

「いいえ……」

「どうだ市兵衛……」

久蔵は、脇に控えていた蛭子市兵衛に意見を求めた。

「おそらく雲海坊の聞き込みの通りでしょう。佐藤さまは、今も部屋住みの次男の養子先を探しているとか……」

武家の家督は嫡男に受け継がれる。次男三男は部屋住みと呼ばれ、嫡男が万一の時に役に立つ。だが、嫡男に何事もなければ、生涯飼い殺しの厄介者になるだけだ。それを回避する為、部屋住みは養子の口を探す。養子の口がない時には、医師や絵師などになる場合もあった。

「それにしても日下孫兵衛どの、先祖代々の家を潰す覚悟を決めた時は、辛かったでしょうな」

市兵衛は同情した。

「それでも、佐藤貢之助の思い通りにはさせたくなかった。悔しく厳しい決断か……」

久蔵は怒りを滲ませた。

「それから秋山さま、加納さまが刃傷沙汰を起こした日は、大野さまに苛められて家族を道連れに首を括った横山さまの四十九日でした」

弥平次は淋しげに告げた。

「四十九日……」

「はい」

〝四十九日〟とは、仏教で死んだ者の魂が彷徨《さまよ》っている期間であり、追善の法要を営むとされている。

「そうか、四十九日だったのか。刃傷沙汰は横山一家が迷わず成仏して貰う為の、加納新八郎なりの法要だったか……」

久蔵は、加納新八郎の覚悟を思い知らされた。

「そして、乱心者を装って生きながらえ、日下家を断絶に追い詰めた佐藤貢之助の命を狙っている……」

久蔵は睨んだ。

「秋山さま……」

弥平次と雲海坊は緊張した。

何もかも、佐藤貢之助と大野忠太夫の配下への傲慢《ごうまん》さから始まった事なのだ。

加納新八郎は、乱心者を装って大野忠太夫に刃傷に及び、佐藤貢之助の命も狙っているのだ。

「和馬と幸吉が、佐藤貢之助さまに張り付いたはずです」

市兵衛が告げた。

「よし。弥平次、俺たちは加納新八郎だ」

久蔵は立ち上がった。

辰ノ口の評定所と南町奉行所は、御曲輪内《おくるわうち》大名小路で繋がっている。

勘定組頭の佐藤貢之助は、評定所に詰めていた。

評定所役人たちの退出の刻限が近づいていた。

和馬と幸吉は、道三河岸《どうさんがし》で佐藤貢之助が退出して来るのを待った。

日差しは西に廻り始めた。

「和馬の旦那……」

幸吉が、評定所から出て来た武士を示した。

「佐藤貢之助さまだ……」

出て来た武士は佐藤貢之助だった。

佐藤貢之助は道三堀を越え、神田橋御門に向かった。

「和馬の旦那、じゃあ……」

「うん。気をつけてな」

幸吉は、佐藤貢之助を追った。和馬は、充分に間を空けて幸吉に続いた。

佐藤は神田橋御門を渡り、錦小路《にしきこうじ》から表猿楽町《おもてさるがくちょう》の通りを抜けて神田川に出た。

小石川牛天神傍の屋敷に帰る……。

幸吉はそう睨み、尾行を続けた。

佐藤は神田川沿いの道を進み、小石川御門を渡った。そして、水戸藩《みとはん》江戸上屋敷脇の道を進んだ、やがて、神田上水越しに竜門寺牛天神が見えた。牛天神は金杉天神ともいった。

佐藤は、牛天神の手前にある屋敷に入った。

幸吉は見届けた。

「真っ直ぐ帰って来たな」

和馬が幸吉に並んだ。

「ええ」

「よし。見張り場所を探すぜ」

和馬は、佐藤屋敷を見張る仕度を始めた。

夕暮れ時の牛天神の境内では、疲れを知らぬ子供たちが賑やかに遊んでいた。

御徒町の加納屋敷の木戸門の前には篝火《かがりび》が焚かれ、見張りの徒目付たちの影を揺らしていた。

向かいの屋敷の家作には、弥平次と雲海坊が陣取り、加納屋敷を見張っていた。

「どうだい様子は……」

着流し姿の久蔵が、笠を取りながら入って来た。

「こりゃあ秋山さま……」

「ご苦労だな」

「今のところ、変わった様子はありません」

「そうか……」

久蔵は腰を降ろし、加納屋敷の見張りに加わった。

仏壇には灯明が灯され、線香の煙が揺れた。

加納新八郎と妻の美佐枝は、仏壇に並ぶ位牌《いはい》に手を合わせた。

「ならば美佐枝、手筈通りにな」

新八郎は微笑んだ。

「心得ました。ご武運をお祈り申しあげます」

美佐枝は力強く頷いた。

新八郎は裁着袴で身を固め、刀を腰に差して素早い身のこなしで出て行った。

美佐枝は見送り、仏壇の位牌を道中用の竹で編んだ行李《こうり》に入れて風呂敷で包んだ。


木戸門の外には篝火の炎が揺れていた。

庭に降りた新八郎は、屋敷を囲む板塀の外を窺った。

板塀の外には、見廻る徒目付たちの龕燈《がんどう》の明かりが見えた。

新八郎は、龕燈の明かりが遠ざかるのを見届けて板塀を乗り越えた。そして、素早く裏通りに走った。

裏通りに出た新八郎は、辺りに徒目付たちがいないのを確かめて神田川に向かった。

暗がりから由松と勇次が現れた。

「勇次、親分に知らせろ」

「合点だ」

由松は新八郎を追い、勇次は弥平次たちの見張り場所に急いだ。

夜の武家屋敷街に人通りは少なかった。

新八郎は暗がり伝いに進んだ。由松は慎重に尾行した。


「裏手に出たか……」

弥平次は眉をひそめた。

「はい。神田川に向かっています。由松さんが追いました」

勇次は報せた。

「行き先はおそらく小石川の佐藤貢之助の屋敷だ。親分、俺たちも行こう」

久蔵は、刀を持って立ち上がった。

「はい。雲海坊、奥方さまを頼むぜ」

弥平次が命じた。

「承知しました」

新八郎が動いたなら、妻の美佐枝も何らかの行動を取るかもしれない。

弥平次は雲海坊を残し、久蔵や勇次と一緒に新八郎を追った。


神田川沿いの道に出た新八郎は、小石川に向かった。

行き先は小石川の佐藤屋敷……。

由松は確信し、慎重な尾行を続けた。

神田川の流れは軽やかな音を鳴らしている。

新八郎は夜道を足早に進んだ。

「やはり、佐藤屋敷に行くつもりですね」

弥平次は、由松の姿を見つめながら進んだ。

「ああ……」

久蔵は、微かな苛立ちを滲ませた。

「どうかしましたか」

弥平次は戸惑った。

「このまま江戸から逃げりゃあいいのにと思ってな」

久蔵は言い放った。

「秋山さま……」

弥平次は微かに驚いた。

久蔵は、由松の背を厳しい眼差しで見つめて進んだ。


小石川・佐藤屋敷の表門脇の潜り戸が開いた。

和馬と幸吉は、牛天神の境内から開いた潜り戸を見つめた。

潜り戸から若い侍が二人出て来た。

「佐藤家の倅ですかね」

幸吉は眉をひそめた。

「うん。きっと嫡男の涼一郎《りょういちろう》と部屋住みの敬次郎《けいじろう》だろう」

二人の若い侍は、牛天神の脇を通って安藤坂《あんどうざか》に向かった。安藤坂は、紀州藩付《きしゅうはん》家老安藤飛驒守《ひだのかみ》の江戸屋敷の傍にあったところから付けられた名であり、その先には家康《いえやす》生母於大《おだい》の方の菩提寺《ぼだいじ》無量山傳通院《むりょうさんでんずういん》がある。そして、門前町には小料理屋や居酒屋が数軒あった。佐藤家の嫡男と部屋住みの弟と思われる二人の若侍は、そうした飲み屋で酒を飲んで羽根を伸ばすのだろう。

「どうします、追いますか」

「いや。狙われているのは父親の貢之助だ。このまま見張りを続けよう」

「はい……」

和馬と幸吉は、佐藤屋敷の見張りを続けた。


篝火の炎は夜風に揺れた。

雲海坊は、斜向かいの屋敷の家作から見守っていた。

加納屋敷から美佐枝が現れ、木戸門に駆け寄った。

美佐枝が動いた……。

雲海坊は緊張した。

「お役人どの」

美佐枝は、木戸門の外で立ち番をしている徒目付を呼んだ。

「どうされた」

徒目付たちが警戒する眼を向けた。

「加納が、加納がいつの間にかいなくなっているのです」

美佐枝は声を震わせた。

「なんだと」

徒目付たちは血相を変えて木戸を開け、龕燈の明かりを先頭に屋敷に駆け込んだ。

美佐枝は、風呂敷包みを抱えて夜の闇に駆け込んだ。

美佐枝が逃げた……。

雲海坊は追った。

篝火の火の粉が飛び散った。


水戸藩江戸上屋敷の塀の白壁は、夜目にも鮮やかに続いている。

新八郎は足早に進んだ。

行き先の分かっている由松は、余裕を持って新八郎を尾行した。

新八郎は、水戸藩江戸上屋敷の長い塀の傍の道を抜けた。行く手に牛天神が見えた。新八郎は進んだ。

「幸吉……」

和馬は声を潜めた。

幸吉は、和馬の視線の先を追った。

水戸藩江戸上屋敷の傍の道から新八郎がやって来た。

「加納さんですぜ」

幸吉は喉を鳴らした。

「ああ。やっぱり来たな」

和馬と幸吉は新八郎を見守った。


新八郎は佐藤屋敷を見上げた。

その眼には怒りと哀しさがこめられていた。

新八郎は、息を整えて己を落ち着かせようとした。

由松は物陰に潜んで見守った。

弥平次、久蔵、勇次が、由松の背後にやって来た。

「ご苦労だったな、由松」

弥平次は労った。

「いいえ。加納さんはあの屋敷の前に……」

由松は、佐藤屋敷の前に佇む新八郎を示した。

「佐藤貢之助の屋敷だ」

久蔵は苛立たしげに告げた。

「親分、和馬の旦那と幸吉の兄貴です」

勇次が囁き、牛天神の境内の柵を指差した。

境内の柵の陰に和馬と幸吉が潜み、新八郎を見守っていた。

「どうします」

弥平次は、久蔵の指図を待った。

「下手な真似はしねえだろう」

久蔵は苦笑した。

その時、新八郎は閉められている表門脇の潜り戸に近づき、押した。潜り戸は音もなく開いた。おそらく出掛けた二人の若侍が、帰って来た時の為に閂《かんぬき》を掛けなかったのだ。新八郎は吸い込まれるように屋敷に入った。

「秋山さま……」

「相手は武家屋敷だ。俺が踏み込む。親分は和馬と表を固めてくれ」

久蔵は足音を消して走った。弥平次が、由松と勇次を従えて続いた。

「和馬の旦那、秋山さまと親分たちだ」

「俺たちも行くぞ」

和馬と幸吉は、牛天神の境内を飛び出して佐藤屋敷に走った。

「幸吉、由松、一緒に来い」

久蔵は潜り戸を入った。幸吉と由松が続いて潜り戸から屋敷に入った。

「和馬の旦那……」

弥平次は、和馬を呼び止めて久蔵の指図を告げた。


新八郎は、南側の庭に忍び込んだ。

連なる座敷に明かりの灯っているのは一つだった。

その明かりの灯っている座敷に佐藤貢之助はいる。

新八郎は、明かりの灯っている座敷に忍び寄り、濡縁にあがって座敷の障子を開けた。

酒を飲んでいた佐藤貢之助が、咄嗟に新八郎に盃を投げ付け、床の間の刀を取った。

新八郎は一気に迫り、刀を抜き打ちに放った。

閃光が走り、佐藤の刀を握った腕が斬り飛ばされた。佐藤は血の噴き出す腕を押さえ、その場に昏倒して意識を失った。

新八郎は、止《とど》めを刺そうと鋭く斬り付けた。刹那、久蔵が現れ、新八郎の刀を弾いた。

火花と焦げ臭い匂いが散った。

「あ、秋山さま……」

新八郎は戸惑った。

「加納新八郎、これぐらいでいいだろう」

久蔵は、淋しげな笑みを浮かべて刀を引いた。

「腕を斬り飛ばされた佐藤の命、助かるかどうか。もし、助かっても生きる屍《しかばね》。日下孫兵衛どのの無念、最早《もはや》晴れたはず」

久蔵は、美佐枝の亡き父・日下孫兵衛の事を知っている。新八郎は驚き、うろたえた。

「早々に立ち去るべきだ」

「しかし、私はもう……」

「話は後だ。決して悪いようにはせぬ」

久蔵は、新八郎を促して座敷を出た。

幸吉が庭先で辺りを警戒していた。

「どうだ……」

「倅どもはまだ帰って来ません。今のうちです」

「うむ」

久蔵は新八郎を連れ、幸吉と庭先から玄関先に廻った。

「由松……」

幸吉が暗がりに呼んだ。

暗がりから由松が現れた。

「急いで下さい」

由松は表門脇の潜り戸に走った。


和馬と弥平次は、辺りの暗がりを窺っていた。

水戸藩江戸上屋敷の傍の道から雲海坊が、墨染めの衣を鳴らして駆け寄って来た。

「どうした」

弥平次は眉をひそめた。

「はい。加納さまのご新造さまが……」

雲海坊は、手短に美佐枝の動きを説明した。

その時、佐藤屋敷の潜り戸が開き、久蔵が新八郎を伴って幸吉や由松と出て来た。


久蔵たちは佐藤屋敷の前を離れ、牛天神の境内に入った。

「加納、早々に江戸を出るのだ」

久蔵は勧めた。

「ご新造が水道橋《すいどうばし》の船着場で猪牙舟《ちょきぶね》を雇ってお待ちだそうです」

和馬が告げた。

「成る程。だったら尚更、急ぐのだな」

「秋山さま……」

「大野に苛めぬかれて首を括った横山の四十九日に乱心を装って刃傷沙汰を起こし、岳父日下孫兵衛の無念も晴らした。最早江戸に用はあるまい。幸いな事に我ら町奉行所の役人に武家は支配違い。それに、何と申してもおぬしは乱心者で目付の扱い……」

秋山は苦笑した。

「親分……」

勇次が安藤坂から駆け戻って来た。

「若侍が二人、こっちに来ます」

「おそらく佐藤さまの倅です」

和馬は焦った。

「加納、聞いての通りだ。早々に立ち去れ」

久蔵は新八郎を促した。

「秋山さま、みんな、かたじけない……」

新八郎は、久蔵や弥平次たちに深々と頭を下げた。

「和馬、雲海坊、水道橋の船着場に一緒に行け」

「心得ました。さあ、加納さん」

和馬と雲海坊は、新八郎を連れて神田川の水道橋に急いだ。

久蔵、弥平次、幸吉、由松、勇次は見送った。

愚かな上役の為に乱心者となり、咎人《とがにん》として仕置される謂《いわ》れはない……。

久蔵は、加納新八郎と美佐枝の幸せを願った。

安藤坂からやって来た二人の若侍が、佐藤屋敷の潜り戸に入って行った。やがて、腕を斬り飛ばされた佐藤貢之助が発見され、屋敷は大騒ぎになるだろう。

「さあて親分、俺たちも引き上げようぜ」

「はい。じゃあ幸吉、由松。成り行きを見届けてくれ」

「承知しました」

久蔵と弥平次は、勇次を従えて牛天神の境内を後にした。

幸吉と由松は、牛天神の境内に残り、佐藤屋敷の見張りを続けた。


佐藤貢之助は、辛うじて一命を取り留めた。だが、佐藤は加納新八郎に闇討ちされた事実を隠した。新八郎の闇討ちを公儀に訴え出れば、己の次男を強引に日下家の養子にしようとした事実が明らかになり、厳しいお咎めを受けるのは必定だ。佐藤はそれを恐れ、何もかも闇に葬《ほうむ》り、家督を嫡男に譲って隠居した。

目付は、乱心者の加納新八郎と妻の美佐枝の行方を追った。だが、新八郎と美佐枝の行方は杳《よう》として知れなかった。

公儀は、加納新八郎を乱心の挙句の失踪として一件を落着させた。

これでいい……。

久蔵は、公儀の始末を聞いて笑みを浮かべた。


申の刻七つ（午後四時）。

久蔵は南町奉行所を後にした。そして、八丁堀に差し掛かった時、雨が水面《みなも》に小さな波紋を広げ始めた。行き交う人々は、走り出したり雨宿りをし始めた。

久蔵は、構わず八丁堀岡崎町の屋敷に急いだ。

八丁堀に広がる雨の波紋は、幾重にも重なり合った。

青い蛇《じゃ》の目《め》傘《がさ》を差した香織が、番傘を持って行く手に現れた。

香織が傘を持って迎えに来てくれた……。

久蔵は微笑んだ。

香織は、久蔵に気付いて青い蛇の目傘を大きく振った。

雨粒は弾けて散った。

青い蛇の目傘は香織によく似合った。

第四話

子守唄

一

葉月《はづき》――八月。

〝葉月〟とは、〝はおち（葉落）月〟の略などとされ、残暑の厳しい季節となる。

松明寺の墓地には線香の紫煙が漂い、住職の読む経が流れていた。

南町奉行所与力秋山久蔵と妻の香織は、経を読む住職の背後で墓に手を合わせていた。

神谷町《かみやちよう》松明寺は旗本秋山家の菩提寺であり、久蔵の両親を始めとした先祖や亡き妻・雪乃が葬られていた。今日は雪乃の祥月命日《しようつきめいにち》だった。

香織は、手を合わせて祈った。

姉上……。

香織は雪乃の妹であり、今では久蔵の後添えになっている。

雪乃の祥月命日のお参りを終えた久蔵と香織夫婦は、住職に礼を述べて松明寺を後にした。

久蔵と香織は、愛宕山の裏手の道を溜池《ためいけ》に向かった。

夫婦二人で歩くのは久し振りの事だ。

久蔵は、香織の足取りに合わせるかのようにゆっくりと進んだ。香織は、久蔵の足許を見つめて歩いた。やがて、溜池から流れている外濠・汐留川沿いの道に出た。吹き抜ける川風は心地良かった。

「香織、春木堂《はるきどう》で茶でも飲むか……」

久蔵は誘った。

「はい。春木堂で買いたい物もございますので、出来れば……」

「よし」

久蔵は苦笑した。


日本橋通りは行き交う人で賑わっていた。

久蔵と香織は、汐留川に架かる新橋《しんばし》を渡って京橋に向かった。

尾張町《おわりちょう》二丁目に老舗菓子屋《しにせかしや》『春木堂』の暖簾が見えた。

久蔵と香織は、『春木堂』の暖簾を潜った。

「ご免……」

「これは秋山さま。おいでなさいまし」

老番頭の仁兵衛《にへえ》が帳場から框に出て来て挨拶をした。

「うむ。邪魔をする」

甘い香りのする店内には様々な菓子が並び、土間の隅に緋毛氈《ひもうせん》を掛けた縁台があった。縁台には客が腰掛け、茶を飲み菓子を食べられる。

久蔵と香織は縁台に腰掛けた。

「いらっしゃいませ。どうぞ」

赤い襷《たすき》に前掛けの娘が茶を持って来た。

「うん」

「戴きます」

久蔵と香織は茶を飲んだ。

「今日は奥さまとお出掛けですか」

仁兵衛は親しげな笑顔を向けた。『春木堂』と秋山家の付き合いは、久蔵の両親の頃からだった。

「ああ。ちょいと寺にな……」

「それはそれは……」

「旦那さま、焼き団子《だんご》でよろしいですか」

香織は、品書を見て久蔵に尋ねた。

「うん。甘いのはどうにも苦手でな」

「番頭さん、それでは焼き団子を一つと羊羹《ようかん》を一つ。それから鹿《か》の子《こ》餅《もち》を六つお土産《みやげ》に包んでくださいな」

「承りました。与平さんとお福さんへのお土産でございますか」

番頭の仁兵衛は、与平・お福夫婦とも親しい仲だった。

「ええ。鹿の子餅は与平とお福の大好物ですから……」

香織は微笑んだ。

「与平はともかく、お福には身体の毒になるんじゃあねえか」

久蔵は、お福のふくよかな身体を思い浮かべて苦笑した。

「でも、楽しみにしておりますので……」

久蔵と香織は茶を飲み、それぞれが注文した菓子を食べた。

時は静かに流れた。

菓子屋『春木堂』を出た久蔵と香織は、人込みを避けて三十間堀沿いの道に進み、京橋方面に向かった。

木挽橋、新《あたら》シ橋《ばし》、紀伊国橋《きのくにばし》……。

久蔵は三十間堀に架かる橋の袂を進んだ。香織は、土産の鹿の子餅を包んだ風呂敷を抱えて続いた。

三十間堀はやがて京橋川と交差して楓川となり、京橋川は八丁堀と名を変える。

久蔵と香織は、京橋川と交差する真福寺橋の袂に差し掛かった。橋の袂で四歳ほどの女の子が啜り泣いていた。

「あら……」

香織は怪訝に足を止めた。

久蔵は、辺りに女の子の親がいないか見廻した。

「どうしたの……」

香織は、女の子の前にしゃがみ込んだ。

女の子は、涙で汚れた顔で香織を見て泣き続けた。

「お母さんは……」

香織は優しく尋ねた。

「いない」

「お母さん、いないの」

「うん」

女の子は涙を啜りあげた。

「じゃあ、お父さんは……」

「いなくなった」

「いなくなったって、ここで……」

「うん。知らないおじさんと一緒にいなくなったの」

女の子は泣きじゃくった。

「旦那さま……」

香織は、戸惑いを浮かべて久蔵を見上げた。

「父親らしき者はいないな」

久蔵は、視線を辺りから女の子に向けた。

「どうしたのでしょう」

香織は、心配そうに眉根を寄せた。

女の子は腰に風呂敷包みを縛り、草履《ぞうり》に布紐《ぬのひも》をつけて草鞋《わらじ》にしていた。

道中仕度……。

女の子は父親と旅の途中か、出立するところだったのかも知れない。だが、父親は真福寺橋の界隈で女の子を残し、何者かと何処かに行った。

久蔵は、女の子の様子と話でそう読んだ。

「ねえ、名前、なんていうの」

香織は優しく尋ねた。

「おちよ……」

女の子は肩をしゃくりあげた。

「おちよちゃんですか。じゃあ、お父さんはなんて名前なのかしら」

「おとっちゃんは定吉《さだきち》……」

おちよと定吉……。

「じゃあ、お母さんは」

「おっかちゃんは、死んじゃった……」

おちよは淋しげに俯いた。余り悲しまないのを見る限り、母親の死は昔の事のようだった。

「どうしましょう」

香織は久蔵を見上げた。

「よし。俺は父親の定吉が戻って来るのをしばらく待ってみる。香織はおちよを連れて屋敷に戻ってくれ」

「心得ました。おちよちゃん、おとっちゃんは、お侍のおじさんが待っていてくれるから、おばちゃんの家に行きましょう」

「でも、おとっちゃん、おちよがいないと……」

おちよは幼いながらも躊躇った。

「心配するな、おちよ。おじさんに任せておけ」

久蔵は微笑んだ。

「そうよ。おじさんは凄いのよ。だから、おばちゃんの家で待っていましょう」

「うん……」

「そういえば、美味しい鹿の子餅もありますよ。一緒に食べましょう」

香織は風呂敷包みを見せた。

「鹿の子餅……」

おちよは微かな笑みを見せた。

「ええ。さあ、行きましょう」

香織は、おちよと手を繋いで促した。

おちよは頷き、香織の手を強く握り締めた。

「香織……」

「はい」

「住まいと何処に行くつもりだったかをな」

「はい……」

香織は頷き、おちよの手をひいて京橋川に架かる白魚橋を渡り、弾正橋に向かった。そして、楓川に架かる弾正橋を渡り、八丁堀沿いの道を岡崎町に向かった。

久蔵は香織とおちよを見送り、真福寺橋の袂に佇んだ。

「秋山さまじゃありませんか……」

托鉢坊主の雲海坊が、戸惑った面持ちでやって来た。

「おお、雲海坊か……」

「何をしているんですか……」

雲海坊は眉をひそめた。

「いや。なに、実はな……」

久蔵は事の次第を話した。

「定吉さんですか……」

「ああ……」

「秋山さま、あっしが代わりましょう」

「そいつはありがたいが、こいつはお上の御用じゃあねえ」

「いえいえ、拙僧はこの橋の袂で日暮れまで托鉢をするだけにございます」

雲海坊は、朗々と経を読み始めた。久蔵は、雲海坊の気遣いに苦笑した。

「すまんな。じゃあ俺はおちよに詳しい事を聞いてみる。定吉が来たら屋敷にな。来なくても寄ってくれ」

「承知致しました」

雲海坊は返事をし、饅頭笠の下から周囲を見廻しながら経を読んだ。

久蔵は屋敷に急いだ。

八丁堀岡崎町の秋山屋敷の門は大きく開いていた。

香織は、おちよの手を引いて門を潜った。

「お帰りなさいませ」

門の傍の腰掛にいた与平が迎えに出て来た。

「只今戻りました」

「おや。この可愛いのは……」

与平は、おちよを見て顔をほころばせた。

「おちよちゃんと申しましてね。詳しい事はあとで。おちよちゃん、このおじさんは与平さんですよ」

「与平さん……」

おちよは与平を見上げた。

「ええ。とっても優しいおじさんですよ」

「よろしくな。おちよ坊……」

与平は笑い掛けた。

「うん」

おちよは頷いた。

「さあ、おちよちゃん、井戸で手足を洗いましょうね」

香織は、おちよを連れて井戸のある裏庭への木戸に入って行った。

大きな笹の葉の中には、六個の鹿の子餅が並んでいた。

「うわあ、美味しそう……」

おちよは、嬉しげに眼を輝かせた。眼を輝かせたのは、与平とお福も同じだった。

お福はおちよに水を用意し、香織と与平に手早く茶を淹れた。

「さあ、いただきましょう」

香織は、おちよ、与平、お福に鹿の子餅を取り分けた。おちよは、美味しそうに鹿の子餅を食べた。

「美味しいなあ、おちよ坊」

与平は嬉しげに笑った。

「うん。美味しいねえ」

おちよと与平は顔を見合わせて頷き、笑い合った。

「奥さま、おちよちゃん、どうしたのでございますか」

お福は眉をひそめた。

香織は、お福に事情を話した。

おちよと与平は、愉しげに遊び始めた。

陽は西に傾き始めた。

柳橋の船宿『笹舟』の船頭の勇次は、猪牙舟を操って三十間堀をやって来た。

行く手に見える真福寺橋の袂に托鉢をしている雲海坊の姿が見えた。

雲海坊の兄貴だ……。

勇次は、真福寺橋の下の船着場に猪牙舟を寄せて行った。


雲海坊は、真福寺橋の袂で托鉢を続けた。

派手な半纏を着た二人の遊び人が、辺りを見廻しながら京橋川に架かる白魚橋を渡って来た。

雲海坊は経を読み続けた。

「坊主……」

遊び人の一人が雲海坊に近寄った。

「拙僧に何かご用ですかな」

雲海坊は、古い饅頭笠の下から遊び人たちを値踏みした。

「この辺で小さな女の子を見掛けなかったか」

遊び人たちはおちよを探している。

雲海坊は密かに緊張した。

おちよの父親の定吉を連れて行った者たちなのかも知れない。

「ああ。道中仕度の女の子だ」

「さあ、見掛けませんでしたな」

「そうか……」

「猪之吉《いのきち》の兄貴、何処にもいませんぜ」

若い遊び人が、猪之吉の兄貴と呼んだ遊び人に駆け寄って来た。

「そうか。熊《くま》、ひょっとしたら長屋に帰ったかも知れねえな」

「一人で帰る事が出来ますかね」

熊は首を捻った。

「確かめてみるんだ」

猪之吉と熊は、派手な半纏を翻して白魚橋に駆け戻った。

猪之吉と熊を追うか、それとも定吉を待ち続けるか……。

雲海坊は、猪之吉と熊を追ったほうが定吉に辿り着けると考えた。だが、猪之吉と熊を追うにしても、托鉢坊主姿ではすぐに不審を抱かれる。雲海坊は困惑した。

「雲海坊の兄貴、奴らを追うんですか……」

勇次が船着場からあがって来た。

「おお、勇次。頼めるか」

「はい」

「じゃあ、行き先を突き止めたら戻って来い。ここにいなかったら秋山さまのお屋敷に来てくれ」

「秋山さまのお屋敷……」

勇次は眉をひそめた。

「ああ。こいつは秋山さまの御用だ」

「承知……」

勇次は頷き、身軽に猪之吉と熊を追って白魚橋を渡って行った。


秋山屋敷に幼い子供の声が響いた。

おちよは与平に懐《なつ》き、前庭で愉しげに遊んでいる。

お福は溜息を洩らし、夕餉の仕度の手を止めた。

「どうしました」

香織はお福を怪訝に見た。

「お屋敷に幼い子供の笑い声が響くのは、旦那さまが子供の時以来、何十年振りでしょう」

お福は滲む涙を拭った。

「お福……」

香織は戸惑った。

「奥さま、お福の目の黒いうちに赤子をお願いしますよ」

「まあ、お福ったら……」

香織は苦笑した。

「旦那さまのお帰りにございます」

与平の声が響いた。

「おちよちゃんのおとっちゃん、戻って来たのかしら……」

香織は前掛けを外し、お福を従えて式台に向かった。

久蔵はおちよの前にしゃがみ込み、しっかりと云い聞かせた。

「いいか、おちよ。おとっちゃんはおじさんの仲間が待っている。だから、心配しなくていい。分かったかい」

「うん……」

おちよは淋しげに頷いた。

「賢い、賢い。おちよ坊は本当に賢い。おじさんも吃驚仰天《びっくりぎょうてん》だ」

与平は、賑やかに驚いて見せた。おちよは、声をあげて愉しげに笑った。

「よろしくな、与平」

「お任せを……」

久蔵は微笑み、玄関に向かった。

「お帰りなさいませ」

式台に香織とお福が迎えに出ていた。

「うん。今、帰った」

久蔵は、刀を香織に渡して奥に向かった。


久蔵は、香織の介添えで着替えをして座った。

お福が茶を置いていった。

「あなた……」

香織は戸惑いを浮かべた。

「定吉は雲海坊が待っている。それより何か分かったか……」

久蔵は茶を飲んだ。

「それが、住まいも何処に行くかもはっきりしないのです」

「そうか。あの幼さだ。仕方があるまい。して、おちよの荷物はどうした」

「これに……」

香織は、おちよが腰に縛り付けていた風呂敷包みを差し出した。

久蔵は風呂敷包みを開いた。中からおちよの着替えの着物と古い白木の位牌が出て来た。

「おちよの着替えと位牌か……」

「何方の位牌でしょう」

「うん……」

久蔵は、位牌に書かれている俗名を読んだ。

「俗名、ゆき……」

久蔵は、微かな戸惑いを滲ませた。

「ゆき……」

「おちよの母親だろう」

「はい……」

おちよの母親ゆきは、三年前の秋に死んでいた。そして、〝ゆき〟という名は、久蔵の亡妻で香織の姉である〝雪乃〟と同じだった。

香織は不思議な縁を感じた。

「あなた……」

「うむ……」

久蔵も香織と同じ想いだった。

「それにしても位牌など……」

「香織、定吉はおちよを連れて、江戸を出ようとしていたのは間違いないようだ」

庭先に夕陽が差し込み、おちよの愉しげな笑い声が響いた。

二

日本橋は夕陽を背にし、その影を日本橋川に映していた。

猪之吉と熊は、日本橋川に架かる江戸橋を渡った。そして、西堀留川《にしほりどめがわ》に架かる荒布橋《あらめばし》を渡って小網町《こあみちょう》一丁目に入った。

勇次は慎重に尾行した。

小網町一丁目に入った猪之吉と熊は、裏通りを進んで棟割長屋の木戸を潜った。

勇次は木戸の陰で見守った。

棟割長屋の井戸端は、夕餉の仕度をするおかみさんたちで賑わっていた。猪之吉と熊は、おかみさんたちに構わず長屋の奥の家に向かった。

おかみさんたちは、胡散臭そうに眉をひそめて囁き合った。猪之吉と熊は、奥の家を覗き、すぐに出て来た。

「誰か定吉の子供を見なかったか」

猪之吉は、おかみさんたちを睨み廻した。

「おちよ坊は、定吉っつぁんと昼前に出掛けたっきりだよ」

おかみさんの一人が、夕餉の仕度の手を止めずに応じた。

「本当だな」

「ああ。本当だよ」

おかみさんは面倒臭げに答えた。

「猪之吉の兄貴……」

「くそっ。戻るしかあるめえ」

「邪魔したな」

猪之吉と熊は棟割長屋を後にした。

勇次は再び尾行を開始した。

夕陽は沈み、空は一瞬の青黒さに覆われた。


日は暮れた。

小網町の棟割長屋を出た猪之吉と熊は、日本橋通りに戻って足早に神田川に向かった。そして、猪之吉と熊は神田川に架かる昌平橋を渡り、神田明神下の通りに出た。

小料理屋や居酒屋の軒行燈が灯り、明神下の通りは薄明るく浮かんだ。

軒行燈を灯した店の中に居酒屋『大黒屋《だいこくや》』があり、隣に暖簾を仕舞った茶道具屋があった。

猪之吉と熊は、居酒屋『大黒屋』に入った。

勇次は見届け、間を置いて居酒屋『大黒屋』の暖簾を潜った。

「いらっしゃい」

若い衆の威勢の良い声が迎えた。

居酒屋『大黒屋』は、仕事帰りの職人や人足などで賑わっていた。

勇次は隅の席に座り、酒と肴を頼んだ。

猪之吉と熊の姿は店の中にはなかった。

籠脱け……。

勇次の勘が囁いた。

『大黒屋』には板場の勝手口がある。猪之吉と熊は、勝手口から何処かに行ったのだ。

尾行は露見していたのか……。

いずれにしろ尾行は失敗した。

勇次は悔しく酒を呷った。


墨染めの衣から土埃《つちぼこり》が舞った。

雲海坊は、井戸端で墨染めの衣を脱ぎ、手足と顔を洗った。

「庭先で良かったんですがね」

「旦那さまが座敷に通せと仰っているんだ。そうはいかない」

与平は、雲海坊の墨染めの衣や饅頭笠を手にして眉をひそめた。

「はあ……」

雲海坊は手拭で顔を拭った。


久蔵は、雲海坊の猪口に酒を満たした。

「畏れ入ります」

雲海坊は、酒の満たされた猪口を置き、久蔵に酌をした。

「そうか、定吉は現れなかったか……」

久蔵は酒を飲んだ。

「はい。ですが、妙な奴らがやって来ました」

雲海坊は酒を啜った。

「どんな奴らだ」

久蔵は手酌で猪口を満たした。

「猪之吉と熊って野郎どもでしてね。おちよちゃんを探していました」

「なに……」

久蔵は眉をひそめた。

「それで偶々来合わせた勇次が後を追いました。間もなくやって来るはずです」

「そいつは運が良かったな」

「はい。それより、野郎どもが定吉さんを連れて行ったのかも知れませんね」

「ああ……」

「それで日が暮れるまで真福寺橋で托鉢を続けたのですが……」

「定吉は現れなかったか。ご苦労だったな」

「いいえ……」

久蔵と雲海坊は手酌で酒を飲んだ。

幼い子の笑い声が、台所の方から聞こえた。

「おちよちゃんですか……」

「うむ」

おちよの笑い声が続いた。

「香織や与平たちに懐いてな。愉しそうにやっているよ」

久蔵は苦笑した。

「与平さんとお福さん、孫が出来たつもりなんじゃあないですかね」

雲海坊は笑った。

「かも知れねえな」

「旦那さま……」

廊下に与平がやって来た。

「どうした」

「勇次さんがおみえです」

「おう。通って貰え」

「はい。勇次さん」

「ご免なすって、お邪魔致します」

勇次が廊下に現れた。

「入ってくれ」

久蔵は、勇次を座敷に迎えた。

「与平、勇次に膳をな」

「承知しました」

与平は台所に立ち去った。

「勇次、経緯は雲海坊に聞いた。で、どうだった」

「はい。猪之吉と熊の野郎、あれから小網町の棟割長屋に行き……」

勇次は、明神下の居酒屋『大黒屋』で猪之吉と熊を見失ったのを告げた。

「籠脱けされたか……」

「はい。申し訳ありません」

勇次は悔しさを滲ませた。

「なあに、定吉とおちよの住まいが分かったんだ。それに籠脱けされた居酒屋もまったく関わりがないとは云えねえ」

「じゃあ、秋山さまは大黒屋が……」

雲海坊は眉をひそめた。

「ああ。しばらく見張る必要がありそうだな」

久蔵は薄笑いを浮かべた。

「分かりました。親分の許しを得て、あっしが見張ります」

勇次が意気込んだ。

「勇次、そいつはこれからだ」

雲海坊は苦笑した。

「お待たせ致しました」

香織とお福が、酒と勇次の膳を持って来た。おちよが付いて来た。

「どうぞ……」

香織が、勇次の前に膳をしつらえた。

「お、畏れ入ります」

勇次は畏まった。

「ご苦労だったな。さあ、やってくれ」

久蔵は、勇次の猪口に酒を満たしてやった。

「ありがとうございます」

勇次の猪口を持つ手が僅かに震えた。

「おちよちゃんかい……」

雲海坊が親しげに声を掛けた。

「うん……」

おちよは、恥ずかしげに香織の背中に隠れて頷いた。

「おちよちゃん、こちらのお坊さんは雲海坊さん、こちらのお兄さんは勇次さんですよ」

「やあ……」

勇次は微笑み掛けた。

おちよは、照れたように頭を下げた。

「さあさあ、おちよちゃん、おばちゃんと鹿の子餅を食べようね」

お福がおちよを誘った。

「うん」

おちよは、お福に促されて台所に戻って行った。

「可愛い子ですね」

「ええ。それに賢いんですよ。亡くなった母親の位牌に小さな手を合わせて……」

香織は誉めた。

「それで旦那さま、定吉さんは……」

香織は心配そうに眉をひそめた。

「そいつなんだが、いろいろ面倒な事がありそうだ」

「面倒な事ですか……」

香織は眉をひそめた。

「ああ。だが、そいつが何かはまだ分からないがな」

久蔵の眼に厳しさが過ぎった。

月明かりは高窓から僅かに差し込み、酔っ払いの賑やかな笑い声が微かに聞こえていた。

定吉は猿轡《さるぐつわ》を咬《か》まされ、土蔵の柱に後ろ手に縛りつけられていた。撲り蹴られて痛めつけられた身体は、身動きする度に悲鳴をあげた。

おちよを探しに行った猪之吉と熊は、土蔵にやって来ない。

二人が来ないのは、おちよが見つからなかったからか……。

もし、そうだとしたなら、おちよはどうしたのだ。

猪之吉たちに捕らえられないのは良いが、どうなったのか心配が募った。

何しろまだ四歳の女の子だ。

一人で何処でどうしているのか……。

腹を減らしているんじゃあないのか……。

心細くて泣いているんじゃあないか……。

おちよへの思いは、悪い方に転がり続ける。

定吉は、いても立ってもいられなかった。だが、縄は弛《ゆる》まず、猿轡も外れはしない。

すまねえ、おちよ……。

定吉は、自分が腕の良い鍛金師《たんきんし》なのを悔やみ、おちよに詫びた。

悪党は、悪事の手伝いを頑として断る定吉に業を煮やし、おちよを人質にして

いう事をきかせようと企《たくら》んだ。だから、一度は見逃したおちよを探しに行った。

だが、おちよは見つけられなかったようだ。

おゆき、お願いだ。おちよを守ってやってくれ……。

定吉は、三年前に病で死んだ女房おゆきに祈った。

高窓から見える月は蒼白く、居酒屋『大黒屋』の賑わいは続いた。

初秋の夜風は心地良かった。

雲海坊と勇次は帰り、久蔵は濡縁で一人残り酒を楽しんだ。

香織の歌う子守唄が、屋敷の奥から微かに聞こえていた。

おちよは、夜が更けてから父親を恋しがり、啜り泣いた。香織は、優しく慰めて励ました。

香織の歌う子守唄は、夜の静寂《しじま》に切れ切れに聞こえた。

香織の子守唄を初めて聞いた……。

久蔵は酒を飲んだ。


南町奉行所の門は八文字に開けられた。

久蔵はいつもより早く出仕した。

「秋山さま……」

柳橋の弥平次が、門内の腰掛で待っていた。

「待たせたかな」

久蔵の読みの通りだった。

「いいえ。お声も掛からないのにあっしが勝手に来たまでです」

弥平次は微笑んだ。

「お蔭で使いを出す手間が省けた。ま、用部屋に来てくれ」

久蔵は、弥平次を用部屋に招いた。


小者が持って来てくれた茶は、温かい湯気を立ち昇らせていた。

「事の次第、雲海坊に聞いたかい」

久蔵は茶を飲んだ。

「はい。それで、今朝から雲海坊を真福寺橋に行かせ、幸吉と勇次を明神下の居酒屋大黒屋に張り付かせました」

弥平次のやる事は素早い。

「流石《さすが》だな」

久蔵は苦笑した。

「畏れ入ります。それでおちよは……」

「香織やお福の手伝いをして、与平と遊んでいるぜ」

「そうですか。もし、お邪魔なら笹舟でお預かりしようかと思いましたが、それには及ばないようですね」

弥平次は笑った。

「昨夜、初めて香織の子守唄を聞いたよ」

「香織さまの子守唄にございますか」

「ああ……」

「そうですか。秋山さまもそろそろ跡継ぎをお考えにならなければなりませんね」

「そうだな……」

久蔵は頷いた。

「ところで弥平次。おちよの父親の定吉は、何の商売をしているのかな」

「腕の良い鍛金師だそうです」

弥平次は雲海坊の話を聞き、すぐにしゃぼん玉売りの由松を小網町の棟割長屋に走らせた。そして、定吉の仕事を突き止めていた。

「鍛金師か……」

鍛金師とは、銀の地金を叩いて絞り、香炉や酒器などの工芸品や道具を作る職人である。

定吉は、その腕の良い鍛金師だった。

「はい……」

弥平次は頷いた。

「その辺りから悪事に巻き込まれたかな」

久蔵は睨んだ。

「きっと……」

弥平次は久蔵に同意した。

「となると、定吉の身辺か……」

「はい。どんな悪党が潜んでいるやら。引き続き由松に洗わせております」

弥平次は冷えた茶を啜った。

事態は一気に変わり、大きく動き始めた。

久蔵は庭を眺めた。

朝の日差しと小鳥の囀《さえず》りが庭に溢れていた。


神田明神下の通りは、神田川に架かる昌平橋から湯島天神裏門坂下に続き、下谷広小路に抜けている。

居酒屋『大黒屋』はその途中にあり、眠っているかのように静まり返っていた。

そして、その隣の茶道具屋『薫風堂《くんぷうどう》』は、朝だというのに暖簾を掲げていなかった。

「商売気のねえ茶道具屋ですね」

「きっと、店売りより、得意先を廻って商いをしているんだろう」

幸吉と勇次は、居酒屋『大黒屋』を見張りながら囁き合った。

居酒屋『大黒屋』には、主で板前の五郎八《ごろはち》と二人の若い衆がいた。そして、三人は『大黒屋』で暮らしていた。

「大黒屋の連中、猪之吉や熊と関わりあるんですかね」

「関わりがあるから、猪之吉と熊は籠脱けをしたんじゃあないのかな」

幸吉は睨んだ。

「そう云われりゃあそうですが……」

勇次は首を捻った。

隣の茶道具屋『薫風堂』が大戸を開け、手代が出て来て暖簾を掲げた。

「茶道具屋が店開きですぜ」

「ああ……」

茶道具屋の手代は暖簾を掲げ、店の表の掃除を始めた。

長閑な朝の光景だった。

幸吉と勇次は見張りを続けた。


雲海坊は、真福寺橋の袂に佇んで托鉢を始めた。

定吉が現れるか、猪之吉と熊が再びおちよを探しに来るか……。

雲海坊は経を読みながら待った。

小網町の棟割長屋の井戸端は、後片付けや洗濯をするおかみさんたちで賑やかだった。

しゃぼん玉は七色に輝き、棟割長屋の空に舞った。

由松は、しゃぼん玉で長屋の子供たちに取り入り、おかみさんたちに定吉・おちよ父娘の事をそれとなく尋ねた。

定吉は、三年前に病で死んだ女房おゆきの薬代で借金を作った。その借金を返す為、定吉はかなりの苦労をした。

おかみさんたちは、定吉とおちよ父娘に同情していた。

「定吉さん、男手一つで一生懸命におちよ坊を育てて来たのに……」

おかみさんは鼻水を啜った。

「どうかしたんですかい」

由松は眉をひそめた。

「借金取りがしつこく付きまとって……」

「だけど、借金は返したって……」

由松は戸惑った。

「ええ。それなのに付きまとっていたんだよ」

おかみさんは吐き棄てた。

「どうしてですかい」

「さあ、そいつは借金取りに訊くんだね」

「借金取り、何処の誰ですかい」

「さあねえ……」

「じゃあ、定吉さんに金を貸したのは何処の金貸しか分かりますかい」

由松は、粘り強く尋ねた。

明神下の茶道具屋『薫風堂』を訪れる者は余りいなかった。

偶に訪れた客も店内に入り、すぐに出て来ていた。

幸吉は眉をひそめた。

「勇次、ちょいと頼むぜ」

幸吉は勇次を残し、『薫風堂』から出て来た客を追った。

幸吉は、神田川沿いの道で客を呼び止めた。

客の好事家《こうずか》風の隠居は、怪訝に立ち止まって振り返った。

幸吉は、懐の十手を見せた。

「何か……」

隠居は戸惑った。

「薫風堂に良い品物はありませんでしたか」

「えっ、ええ。どうやら、店売りよりもご贔屓さま廻りに力を入れているお店だね」

「やはり……」

「ま。客の欲しがる品物を探して売った方が大儲けができますからねえ。所詮《しょせん》、茶道具なんぞ、値は幾らでも付けられますからね」

隠居は苦笑した。

「値は幾らでも付けられる……」

幸吉は、僅かに引っ掛かるものを感じた。

日本橋浜町河岸に店を構えている金貸しの藤兵衛《とうべえ》……。

それが、定吉が金を借りた高利貸しだった。

由松は、金貸し藤兵衛を調べた。

藤兵衛は、悪い噂のない真っ当な金貸しだった。由松は、藤兵衛に直に話を訊く事にした。

「鍛金師の定吉さんですか……」

「はい。定吉さん、幾ら借りたんですか」

「おかみさんの薬代で十両ですが……」

「十両……」

「で、その借金は……」

「それが、一年後に利息と一緒に耳を揃えて返してくれましてね」

「一年後……」

鍛金師が、一年で十両余りの金を貯める事など出来るはずはない。

何かある……。

由松の勘が囁いた。

「上手《うま》い儲け話でもあったのかな」

「利息なしで借りられる金があって、そいつを借りたそうなんですが……」

藤兵衛は眉をひそめた。

「借金の肩代わりってやつですかい」

「そうなりますか……」

藤兵衛は屈託を浮かべた。

「で、何か……」

由松は先を促した。

「裏があったようです」

「裏……」

「その代わり、いう事を聞けとかね……」

定吉は、借金を肩代わりして貰い、その代わりに何かをさせられた。それが、今度の事に繋がっているのかも知れない。

「その肩代わりしてくれた人、何処の誰か聞いていますか」

「鍛金師としての腕を見込んでくれた旦那だとしか……」

藤兵衛は顔を曇らせた。

「そうですか……」

定吉は、借金の肩代わりをしてくれた旦那と何かがあった。

由松の藤兵衛への聞き込みは終わった。

三

居酒屋『大黒屋』は遅い朝を迎えた。

若い衆の一人が表を掃除し始め、主で板前の五郎八が残る若い衆を連れて仕入れに出掛けた。

「どうします」

「仕入れだろう。このまま様子をみよう」

「はい」

幸吉と勇次は見張りを続けた。

若い衆が掃除を終えて店に入った。擦れ違って猪之吉と熊が出て来た。

「幸吉の兄貴……」

勇次は緊張した。

「猪之吉と熊か……」

「はい。野郎ども大黒屋にいたのか……」

「ああ。籠脱けじゃあなかったんだ。追うぜ」

猪之吉と熊は、『大黒屋』の何処かにいたのだ。

幸吉と勇次は、猪之吉と熊の尾行を開始した。

猪之吉と熊は、明神下の通りを神田川に向かった。幸吉と勇次は、横手と背後に分かれて慎重に尾行した。神田川に出た猪之吉と熊は、昌平橋を渡って日本橋に急いだ。


秋山屋敷の表門は、久蔵の指図で閉められていた。

「そら、飛べ」

手作りの竹とんぼは、与平の気合と共に空に舞った。

おちよは歓声をあげて追った。

竹とんぼは、勝手口の前から玄関脇の木戸まで飛んで落ちた。おちよが駆け寄り、竹とんぼを拾った。そして、与平を真似て気合を掛けて飛ばそうとした。だが、竹とんぼは飛ばずに地面に落ちた。

おちよは拾わず、哀しげに竹とんぼを見つめた。

「そうか、おちよ坊の手は小さいからなあ」

与平は、おちよを慰めて竹とんぼを拾った。

「おちよちゃん……」

台所からお福の呼ぶ声がした。

「おっ。おちよ坊、お福のおばちゃんが呼んでいるぞ」

「うん。はあい」

おちよは機嫌を直し、台所に駆け込んだ。

与平は、吐息を洩らして表門に向かった。


「おばちゃん……」

おちよが勝手口から入って来た。

「おちよちゃん、いいもの見つけたよ」

お福は、富山の薬売りが置き薬と一緒に置いていった紙風船を突いて見せた。

紙風船はお福の掌の上で軽やかに弾んだ。

「うわあ……」

おちよは眼を輝かせた。

「やってみるかい」

「うん」

お福は、おちよに紙風船を突いて渡した。おちよは、飛んできた紙風船を小さな手で突き上げた。紙風船は宙に舞った。

「上手、上手……」

お福は手を叩いて褒めた。おちよは、張り切って紙風船を突いた。

「おばちゃん、香織さまに見せてくる」

「香織さま、きっと褒めてくれますよ」

「うん」

おちよは、紙風船を両手に捧げて庭先に向かった。

奥から香織がやって来た。

「お福、魚屋の留《とめ》さん、まだ来ていませんね」

「はい。まだにございます。奥さま、おちよちゃんが紙風船を見せに座敷にいきましたが」

「あら、そうですか。じゃあ、待っていてあげなきゃあね」

香織は微笑み、奥に取って返した。

紙風船を持ったおちよは、前庭を通り抜けて庭先に行こうとした。

風が吹き抜け、紙風船が飛んで転がった。

おちよは、小さな声をあげて紙風船を追った。紙風船は閉じられた表門の傍に転がった。

おちよは追いつき、紙風船を拾おうとした。だが、身体の均衡を崩し、前のめりに両手を突いた。片手が紙風船を押し潰した。

「あっ……」

おちよは驚き、押し潰された紙風船を見つめて涙を零した。

表門脇の潜り戸が風に軋んだ。

おちよは、潜り戸が開いているのに気付いた。

「おとっちゃん……」

紙風船が潰れた悲しさは、おちよに父親の定吉を思い出させた。

おちよは、潜り戸から秋山屋敷を出た。

与平は、塀の傍を掃除しながら角を曲がり、おちよに気付かなかった。

「おとっちゃん……」

おちよは八丁堀に向かった。

香織は座敷の濡縁に座り、おちよが庭先に来るのを待った。だが、おちよは現れない。

不意に不安が込み上げた。

「まさか……」

香織は庭先に降りた。


真福寺橋は昼飯時を迎えた。

定吉は現れず、猪之吉と熊もやって来はしなかった。

雲海坊は傍らの蕎麦屋に入り、窓越しに真福寺橋の袂を見張った。そして、運ばれた蕎麦を啜っていた時、猪之吉と熊が白魚橋を渡って真福寺橋の袂にやって来た。

来やがった……。

雲海坊は、蕎麦を慌てて食べた。

猪之吉と熊は、辺りに誰かを探し始めた。

おちよを探していやがる……。

雲海坊は見守った。

幸吉と勇次が、白魚橋に追って現れた。

雲海坊は饅頭笠を被り、蕎麦屋を出て白魚橋に廻り込んだ。

「幸吉っつぁん。勇次」

「おう。雲海坊……」

「どうする」

雲海坊は、猪之吉と熊を示した。

猪之吉と熊は、辺りの店の者に尋ねたりしておちよを探している。

「おちよ坊……」

勇次が、弾正橋を見つめて切迫した声をあげた。

幸吉と雲海坊は、勇次の視線を追った。

おちよが、楓川に架かる弾正橋を渡って来るのが見えた。そして、おちよを追って来る香織がいた。

「奥さまだ」

幸吉と雲海坊は緊張した。

猪之吉と熊が、おちよに気付いて白魚橋に走った。

香織がおちよに追いつき、後ろから抱き上げた。

「おちよちゃん」

「おとっちゃんの処に行くんだ……」

おちよは、小さな身体を仰け反らせて香織の腕から脱け出そうとした。

「おちよちゃん」

香織は、懸命におちよを抱き締めた。

猪之吉と熊が駆け寄り、香織の腕からおちよを奪おうとした。

「何をします。止めなさい」

香織は厳しく一喝した。

「煩《うる》せえ。がきを寄越せ」

熊が香織を突き飛ばそうとした。刹那、香織は熊の頬に平手打ちを見舞い、おちよを後ろ手に庇った。

「この女《あま》……」

熊はいきり立ち、匕首を抜いた。

「無礼をすると許しませんよ」

香織は、懐剣を握り締めて身構えた。

猪之吉と熊は、香織とおちよに迫った。

次の瞬間、幸吉、雲海坊、勇次が、猛然と猪之吉と熊に襲い掛かった。

猪之吉と熊は驚き、慌てた。

「みなさん……」

香織は満面に喜びを浮かべた。

「奥さま、おちよ坊を……」

幸吉は叫んだ。

「は、はい」

香織は、おちよを抱き上げて後ろに退がった。

幸吉は十手をかざし、勇次は萬力鎖《まんりきぐさり》を唸らせて猪之吉に迫った。猪之吉は、幸吉たちの出現に驚きながらも匕首を抜き、その場から逃れようとした。雲海坊は、錫杖で熊を撲り飛ばした。熊は激しく飛ばされ、白魚橋の欄干《らんかん》に激突して倒れた。

勇次は、萬力鎖で猪之吉の匕首を叩き落とした。萬力鎖とは二尺ほどの長さの鎖の両端に分銅《ふんどう》をつけた捕物道具だ。勇次は、久蔵にその使い方を仕込まれていた。

匕首を叩き落とされた猪之吉は激しく狼狽した。すかさず幸吉が十手で張り倒した。猪之吉は土埃を舞い上げて倒れた。勇次が飛び掛かり、素早く捕り縄を打った。

「お怪我はありませんか、奥さま」

幸吉は心配げに眉をひそめた。

「お蔭さまで、おちよちゃんも私も怪我はありません」

香織は、おちよを抱き締め続けた。

「そいつは良かった」

自身番の者たちが駆け寄って来た。

「あっしどもは岡っ引の柳橋の弥平次の身内です。南町奉行所与力秋山久蔵さまの奥方さまに狼藉《ろうぜき》を働いた者どもをお縄にしました。何方か南町奉行所の秋山さまにお報せ戴けませんか」

「合点だ」

自身番の番人が南町奉行所に走った。南町奉行所のある外濠・数寄屋橋御門は近い。役人たちが来るのに時は掛からないはずだ。

「雲海坊、勇次、奥さまをお屋敷にお送りしてくれ」

「承知。勇次、おちよ坊を……」

「はい。さあ、おちよちゃん、お兄ちゃんがおんぶしてやるぜ」

「うん」

おちよは頷いた。

「すみません」

香織は礼を云い、おちよを勇次の背中に渡した。

「さあ、奥さま……」

雲海坊は香織を促した。

「はい。じゃあ幸吉さん」

「お気をつけて……」

香織は、雲海坊とおちよを背負った勇次と共に屋敷に向かった。

幸吉は見送り、項垂れている猪之吉と熊に視線を移した。

泳がせて黒幕を突き止める手筈だったが、事は思わぬ方向に展開した。

後は秋山さまにお任せするしかねえ……。

幸吉は、猪之吉と熊を哀れんだ。


久蔵は、定町廻り同心の神崎和馬に猪之吉と熊を南茅場町の大番屋に引き立てさせ、幸吉に明神下の居酒屋『大黒屋』の監視を命じた。

弥平次が、由松を伴って駆け付けて来た。

「どうした」

「はい。由松、分かった事をお報せしろ」

「へい……」

由松は、定吉の借金の事を話した。借金の肩代わりをした旦那がおり、定吉に悪事を手伝わせようとしている。

「それで、定吉はおちよを連れて逃げた。だが、真福寺橋で追手に摑まり、おちよを残して連れ去られたか……」

久蔵は読んだ。

「おそらく。ですが、その旦那が何処の誰かはまだ……」

由松は悔しげに告げた。

「よくやった由松。その旦那が何処の誰かは俺が吐かせる。弥平次、幸吉が明神下の大黒屋を見張っている。人数を増やしてくれ」

「承知しました」

久蔵は、弥平次と打ち合わせをして大番屋に向かった。

大番屋の詮議場は薄暗く、血と汗の臭いが微かに漂っていた。

猪之吉は、和馬と小者によって詮議場に引き出され、筵に座らせられた。

久蔵が座敷に現れ、あがり框に腰掛けた。

「手前が猪之吉かい……」

久蔵は、猪之吉を厳しく見据えた。

「へい……」

猪之吉は、上目遣いに久蔵を窺った。

久蔵は冷たい笑みを浮かべた。

「おちよをさらって、定吉に何をさせるつもりなんだい」

久蔵はいきなり核心を突いた。

猪之吉はうろたえた。

「話して貰おうか……」

猪之吉は黙って俯いた。

「知らねえとは云わせねえぜ」

「旦那、あっしは何も知らねえ……」

猪之吉は、狡猾《こうかつ》な笑みを浮かべて久蔵を見上げた。

「猪之吉、定吉に悪事を手伝わせようとしている旦那ってのは、何処の誰だ」

猪之吉の顔から狡猾な笑みが消え、恐怖が浮かんだ。

刹那、久蔵は刀を一閃した。

刀は閃光となって猪之吉の顔の前を過ぎった。猪之吉は思わず眼を瞑り、首を竦めた。

刀が鞘に納まる音が響いた。

猪之吉は額にむず痒《がゆ》さを覚えた。だが、痒さを止める手は後ろ手に縛られている。痒みは額の横に広がり、生温かさが溢れて頬に伝った。

赤い血が筵の上に滴《したた》り落ちた。

猪之吉の背筋に恐怖が突きあげた。

血は、額から横一線に猪之吉の顔を伝った。

猪之吉は、己の額を横一線に薄く斬られたのに気が付いた。喉が引きつり、息が鈍い音を鳴らした。座っている筵の下から震えが湧き上がり、猪之吉を包んだ。

「旦那、何処の誰だ……」

久蔵は、猪之吉を冷徹に見据えた。

猪之吉は、顔を血に染めて震え続けた。

「く、薫風堂の旦那です」

「薫風堂の旦那……」

「へい。亀之助《かめのすけ》の旦那です」

定吉の借金の肩代わりをした旦那は、居酒屋『大黒屋』の隣の茶道具屋『薫風堂』の主の亀之助だった。

「亀之助、定吉に何をさせようとしているんだい」

「それは……」

茶道具屋『薫風堂』の主・亀之助は、名のある茶道具の贋物《にせもの》を作り、贋の釣書《つりがき》など付けて好事家に高値で密売しているのだ。そして今、亀之助は千利休《せんのりきゅう》の釣書のついた銀の香炉の贋物を定吉に作らせようとしている。定吉は、亀之助に借金の肩代わりをして貰った時、引き換えに香を入れる銀の香合《こうごう》を作った。それが、定吉の弱味になっていた。

猪之吉は落ちた。

「で、定吉は今、何処にいる」

定吉は、茶道具屋『薫風堂』の裏手にある土蔵に閉じ込められていた。

「薫風堂と居酒屋の大黒屋は、裏で繋がっているんだな」

「薫風堂の旦那は、どうしても本物が入り用の時や売った物が贋物と知れた時、大黒屋の五郎八親方に始末させています」

「大黒屋の五郎八ってのは何者だ」

「その昔は浪人だったとか……」

「和馬、聞いての通りだ。すぐに手配りしろ」

久蔵は命じた。

「心得ました」

和馬は、詮議場を足早に出て行った。

「牢に入れ、医者を呼んでやれ」

久蔵は、猪之吉を冷たく一瞥して小者たちに命じた。小者たちは、猪之吉を左右から抱えて立ち上がらせた。猪之吉はぐったりとし、額から血を滴らせて引きずられて行った。

久蔵は厳しい面持ちで立ち上がった。

明神下の居酒屋『大黒屋』と茶道具屋『薫風堂』は、弥平次たちの見張りの下に置かれた。

弥平次は、二軒の斜向かいにある炭屋の二階を借りて張り込んだ。幸吉と由松は、裏手の見張りに付いた。

『薫風堂』に客はいなく、『大黒屋』は暖簾を仕舞ったままだ。

着流し姿の久蔵が、浪人に変装した和馬と勇次を従えて炭屋の二階にやって来た。

「ご苦労さまです」

弥平次は迎えた。

勇次は、弥平次に代わって窓辺に座った。

「どうだい……」

「今のところ、猪之吉と熊がお縄になったのに気付いた様子はありません」

「そうか……」

「勇次、お屋敷の方は……」

「おちよの用心棒は、半次と鶴次郎《つるじろう》に頼んだ。雲海坊は裏手に廻ったぜ」

半次と鶴次郎は、北町奉行所臨時廻り同心白縫半兵衛に手札を貰っている岡っ引とその手先であり、久蔵や弥平次たちとも親しい間柄だ。久蔵は、おちよの用心棒に半次と鶴次郎を頼み、雲海坊と勇次を連れて来たのだ。

「そうでしたか……」

「親分、周りは市兵衛が捕り方を率いて固めた。先ずは裏の土蔵に閉じ込められている定吉を助け出す」

「はい……」

「和馬、四半刻後に俺たちは踏み込む。騒ぎが始まったら幸吉たちと土蔵をこじ開け、定吉を助け出せ。亀之助と五郎八にとって定吉は唯一の命綱、逃げる人質にさせちゃあならねえ」

久蔵は厳しく命じた。

「心得ました」

和馬は、炭屋の二階を降りて行った。

久蔵は、厳しい面持ちで踏み込む時を待った。


四半刻が過ぎ、踏み込む時が来た。

久蔵は、弥平次と勇次を従えて居酒屋『大黒屋』と茶道具屋『薫風堂』の前に立った。周囲の人通りは途絶えた。

南町奉行所臨時廻り同心蛭子市兵衛が捕り方を率いて駆け寄って来た。

「通行人たちは止めました」

市兵衛は久蔵に報告した。

「よし。市兵衛は弥平次たちと薫風堂の亀之助を頼む。俺は捕り方と大黒屋の五郎八どもをお縄にする」

「心得ました」

市兵衛は頷いた。

「行くぜ」

久蔵は、捕り方を率いて居酒屋『大黒屋』に殺到した。

「親分、勇次、私たちも行くよ」

市兵衛は、弥平次や勇次と茶道具屋『薫風堂』に走った。

勇次が、驚いて立ち竦む手代を叩きのめした。市兵衛と弥平次は、『薫風堂』の奥に踏み込んだ。

久蔵は、『大黒屋』の腰高障子を蹴倒し、捕り方と雪崩れ込んだ。

「なんだ、手前」

『大黒屋』の二人の若い衆が、仕込みをしていた包丁を振りかざして久蔵に突き掛かってきた。

久蔵は僅かに身を引いて躱し、若い衆の包丁を叩き落として殴り飛ばした。殴られた若い衆は、続いて来たもう一人の若い衆を巻き込んで倒れた。

捕り方たちが殺到し、六尺棒で容赦なく滅多打ちにした。二人の若い衆は頭を抱え、身を縮めて悲鳴をあげた。

手負いの獣を逃がし、町方の者に犠牲者を出してはならない……。

捕り方たちは、二人の若い衆を取り囲んで打ちのめし、お縄にした。

残るは主で板前の五郎八だ。

久蔵は奥に進んだ。


土蔵は大きな錠前で護《まも》られていた。

和馬は、幸吉、雲海坊、由松と裏手から侵入し、鑿や鉄梃《かなてこ》などを使って土蔵の錠前を外し始めた。

茶道具屋『薫風堂』の主・亀之助は、白髪頭を振り乱して裏庭に逃れようとした。

弥平次が素早く鉤縄《かぎなわ》を放った。鉤縄は逃げる亀之助の着物に絡みついた。弥平次は、容赦なく鉤縄を引いた。亀之助は仰け反り、引き倒された。市兵衛は、亀之助の脾腹《ひばら》に十手を叩きこんだ。亀之助は皺《しわ》だらけの顔を醜く歪め、苦しげに呻いて気を失った。勇次が手際よく捕り縄を打った。


居酒屋『大黒屋』の奥は静かだった。

久蔵は廊下を進んだ。

親方の五郎八が、襖《ふすま》の陰から久蔵に鋭く斬り付けて来た。

久蔵は咄嗟に一刀を放ち、五郎八の刀を弾き飛ばした。五郎八は僅かに後退し、久蔵と対峙《たいじ》した。

「大黒屋の五郎八か……」

久蔵は薄く笑った。

「手前……」

五郎八は、その眼に憎悪を滲ませて久蔵を睨み付けた。

「俺は南町奉行所与力秋山久蔵。鍛金師の定吉を勾《かど》かした罪で、大人しくお縄を受けて貰おう」

「黙れ」

五郎八は、久蔵に猛然と斬り掛かった。久蔵は応戦した。

「浪人あがりか。だが、所詮はそれだけの腕に過ぎぬな」

久蔵は、誘うように嘲笑った。

五郎八がいきり立った。二人は激しく斬り結びながら裏庭に出た。

土蔵の錠前を壊していた和馬と幸吉たちは、斬り結びながら現れた久蔵と五郎八を取り囲んだ。

「秋山さま……」

和馬は眉をひそめた。

「みんな、騒がせてすまねえ。こっちは気にしないでやってくれ」

久蔵は苦笑した。

「幸吉、頼んだ。雲海坊、由松」

和馬は、久蔵の介添えを幸吉に頼み、雲海坊と由松と共に錠前と戸の間に鉄梃を差し込んで力を揃えて持ち上げた。木の割れる音が鳴り、錠前が壊れて戸から外れた。和馬は戸を開け、土蔵の中に入った。雲海坊と由松が続いた。

「どうやらこれまでだな……」

久蔵は笑った。

五郎八は雄叫びをあげ、久蔵に斬り込んできた。

刹那、久蔵は躱しも退りもせず、逆に踏み込んで横薙ぎの一閃を五郎八に放った。五郎八の肋骨《ろっこつ》が折れる鈍い音が鳴った。五郎八は苦しげに顔を歪め、刀を落として横倒しに倒れた。

「幸吉、峰打ちだ。縄を打て」

「はい」

幸吉は、気を失っている五郎八に捕り縄を打った。


猿轡を嚙まされ、柱に縛り付けられていた定吉は、水や食事も与えられてなく激しく衰弱していた。

「定吉、しっかりしろ定吉……」

和馬は、意識を失っている定吉に叫んだ。だが、定吉は意識を取り戻さなかった。

「由松、水だ」

雲海坊が命じた。

「合点だ」

由松は飛び出した。久蔵が擦れ違って入って来た。

「水も飯も貰っていなかったようです」

和馬は眉をひそめた。

「酷い真似をしやがる。しっかりしろ定吉さん」

雲海坊は定吉に同情した。だが、定吉は意識を取り戻さなかった。

「定吉、おちよが待っているぜ」

久蔵は、意識を失っている定吉に言い聞かせた。定吉は微かに呻いた。

「おちよが父親のお前をな……」

「お、おちよ……」

定吉は意識を取り戻し、微かに我が子の名を呼んだ。

久蔵は微笑んだ。

秋の月は蒼白く輝いている。

久蔵は、屋敷の濡縁で虫の音を聞きながら酒を飲んだ。

虫の音は途切れる事なく続いた。

定吉は、借金を肩代わりして貰うのと引き換えに名のある香合の贋物を作った。それが、『薫風堂』亀之助の指図だとしても罪は罪だ。だが久蔵は、定吉が亀之助の贋物作りの捕物に役立ったとし、その罪を不問に付した。

定吉は、船宿『笹舟』で養生する事になった。そして、おちよも父親のいる『笹舟』に行った。いずれ二人は、小網町の棟割長屋に戻る手筈だ。

秋山屋敷は以前に戻った。

久蔵と香織夫婦、与平とお福夫婦の大人だけの暮らしに戻った。

久蔵は、虫の音を聞きながら酒を飲んだ。

おちよの可愛らしい笑い声が蘇った。そして、香織の歌う子守唄を思い出した。

子守唄……。

香織には子守唄が似合うのかも知れない。

久蔵はそう思った。

秋の夜、虫の音は心地良く続いた。

一次文庫　２０１０年１月　ＫＫベストセラーズ
ＤＴＰ制作　ジェイ エスキューブ

文春文庫

秋山久蔵御用控《あきやまきゅうぞうごようひかえ》
隠《かく》し金《がね》

定価はカバーに表示してあります

2013年6月10日　第1刷

著　者　藤井邦夫《ふじいくにお》
発行者　羽鳥好之
発行所　株式会社 文藝春秋

東京都千代田区紀尾井町 3-23　〒102-8008
TEL　03・3265・1211
文藝春秋ホームページ　http://www.bunshun.co.jp
落丁、乱丁本は、お手数ですが小社製作部宛お送り下さい。送料小社負担でお取替致します。

印刷・大日本印刷　製本・加藤製本
Printed in Japan
ISBN978-4-16-780521-0

（　）内は解説者。品切の節はご容赦下さい。

あさのあつこ
燦《さん》 ―1― 風の刃《やいば》
疾風のように現れ、藩主を襲った異能の刺客・燦。彼と剣を交えた家老の嫡男・伊月。別世界で生きていた二人には隠された宿命があった。少年の葛藤と成長を描く文庫オリジナルシリーズ。
あ-43-5

あさのあつこ
燦 ―2― 光の刃
江戸での生活がはじまった。伊月は藩の世継ぎ・圭寿と大名屋敷住まい。長屋暮らしの燦と、伊月が出会った矢先に不吉な知らせが。少年が江戸を奔走する文庫オリジナルシリーズ第二弾！
あ-43-6

井川香四郎
男ッ晴れ
樽屋三四郎　言上帳
奉行所の目が届かない江戸庶民の人情と事情に目配りし、事件を未然に防ぐ闇の集団・百眼と、見かけは軽薄だが熱く人間を信じる若旦那・三四郎が活躍する書き下ろしシリーズ第一弾。
い-79-1

井川香四郎
ごうつく長屋
樽屋三四郎　言上帳
長屋の取り壊し問題で争う地主と家主、津波で壊滅した町の再建に文句ばかりで自分では動かない住人たち。百眼の潜入捜査、名主たちとの連携プレーで力を尽くす三四郎シリーズ第2弾。
い-79-2

井川香四郎
まわり舞台
樽屋三四郎　言上帳
幼馴染の佳乃と出かけた芝居小屋が狐面の男たちにのっとられた！　観客を人質に無茶な要求をする彼らの狙いとは？　清濁あわせのむことを覚えつつ、成長する三四郎シリーズ第3弾。
い-79-3

井川香四郎
月を鏡に
樽屋三四郎　言上帳
借金を返せない武士が連れて行かれたのは寺子屋。「子どもを教えろ」という貸主の背後には陰謀が渦巻いていた。樽屋には今日も江戸中から揉め事が持ち込まれる。三四郎シリーズ第4弾。
い-79-4

井川香四郎
福むすめ
樽屋三四郎　言上帳
貧乏にあえぐ親が双子の姉妹の姉だけ吉原に売った。長じて再会した時、姉は盗賊の情婦だった。「吉原はつぶすべきです！」庶民の幸せのため奉行に訴える三四郎。熱いシリーズ第5弾。
い-79-5

（　）内は解説者。品切の節はご容赦下さい。

風野真知雄
耳袋秘帖
妖談うしろ猫

名奉行根岸肥前守のもとに、伝次郎が殺されたとの知らせが入る。下手人と目される男は「かのち」の書き置きを残して、失踪していた。江戸の怪を解き明かす新「耳袋秘帖」シリーズ第一巻。

か-46-1

風野真知雄
耳袋秘帖
妖談かみそり尼

高田馬場の竹林の奥に棲む評判の美人尼に相談に来ていたという女好きの若旦那が、庵の近くで死体で発見された。はたして尼の正体とは。根岸肥前守が活躍する、新「耳袋秘帖」第二巻。

か-46-2

風野真知雄
耳袋秘帖
妖談しにん橋

「四人で渡ると、その中で影の消えたひとりが死ぬ」という「しにん橋」の噂と、その裏にうごめく巨悪の正体を、赤鬼奉行・根岸肥前守が解き明かす。新「耳袋秘帖」シリーズ第三巻。

か-46-3

風野真知雄
耳袋秘帖
妖談さかさ仏

処刑寸前、仲間の手引きで牢破りに成功した盗人・仏像庄右衛門は、下見に忍び込んだ麻布の寺で、仏像をさかさにして拝む不思議な僧形の大男と遭遇する――。新「耳袋秘帖」第四巻。

か-46-4

風野真知雄
耳袋秘帖
王子狐火殺人事件

王子稲荷のそばで、狐面を着けた花嫁装束の娘が殺され、祝言前の別の娘が失踪した。南町奉行の根岸鎮衛は、手下の栗田と坂巻と共に調べにあたるが。「殺人事件」シリーズ第十一弾。

か-46-5

風野真知雄
耳袋秘帖
佃島渡し船殺人事件

年の瀬の佃の渡しで、渡し船が正体不明の船と衝突して沈没した。栗田と坂巻の調べで渡し船に乗り合わせた客には、不思議な接点があることがわかる。「殺人事件」シリーズ第十二弾。

か-46-6

風野真知雄
耳袋秘帖
赤鬼奉行根岸肥前

奇談を集めた随筆『耳袋』の著者で、御家人から南町奉行へと異例の昇進を遂げた根岸肥前守鎮衛が、江戸に起きた奇怪な事件の謎を解き明かす。「殺人事件」シリーズ最初の事件。（縄田一男）

か-46-7

文春文庫　書きおろし時代小説

（　）内は解説者。品切の節はご容赦下さい。

風野真知雄
耳袋秘帖
八丁堀同心殺人事件

組屋敷がある八丁堀で、続けて同心が殺される。死んだ者たちは、かつての田沼派だった。奉行の沽券に係わるお膝元での殺しに、根岸はどうするか。「殺人事件」シリーズ第二弾。

か-46-8

風野真知雄
耳袋秘帖
浅草妖刀殺人事件

奉行所の中間・与之吉は、凶悪な盗人「おたすけ兄弟」が、神社の境内に大金を隠すところを目撃、その金を病気の娘のために使い込んでしまうが……。「殺人事件」シリーズ第三弾。

か-46-9

風野真知雄
耳袋秘帖
深川芸者殺人事件

根岸の恋人で深川一の売れっ子芸者力丸が、茶屋から忽然と姿を消し、後輩の芸者も殺されて深川の花街は戦々恐々。はたして力丸の身に何が起きたのか？　「殺人事件」シリーズ第四弾。

か-46-10

指方恭一郎
麝香《じゃこう》ねずみ
長崎奉行所秘録　伊立重蔵事件帖

次期奉行の命で、江戸から一人長崎の地に先乗りした伊立重蔵。そこで目にしたのは「麝香ねずみ」と呼ばれる悪の一味に蝕まれた奉行所の姿だった。文庫書き下ろしシリーズ第一弾！

さ-54-1

指方恭一郎
出島買います
長崎奉行所秘録　伊立重蔵事件帖

長崎・出島の建設に出資した25人の出島商人。大きな力を持つ彼らの前に26人目を名乗る人物が現れた。そこには長崎進出を目論む江戸の札差の影が――。書き下ろしシリーズ第二弾。

さ-54-2

指方恭一郎
砂糖相場の罠
長崎奉行所秘録　伊立重蔵事件帖

長崎では急落している白砂糖が、大坂で高騰している！　謎の相場を、長崎奉行の特命で調査する伊立重蔵の前では、不審な殺人事件が次々に起こる――。好調の書き下ろしシリーズ第三弾。

さ-54-3

祐光　正
灘酒はひとのためならず
ものぐさ次郎酔狂日記

剣一筋の生真面目な男・三枝恭次郎は、遠山金四郎から、隠密として市井に紛れ込むために「遊び人となれ」と命じられる。遊楽と剣戟の響きで綴られた酔狂日記。第一弾は酒がらみ！

す-18-1

（　）内は解説者。品切の節はご容赦下さい。

浅田次郎
輪違屋糸里《わちがいやいとさと》（上下）
土方歳三を慕う京都・島原の芸妓・糸里は、芹沢鴨暗殺という、新選組の内部抗争に巻き込まれていく。大ベストセラー『壬生義士伝』に続き、女の〝義〟を描いた傑作長篇。（末國善己）
あ-39-6

池波正太郎
秘密
はずみで家老の子息を斬殺し、江戸へ出た主人公に討手がせまるが、身を隠す暮らしのうちに人の情けと心意気があった。再び人は斬るまい……。円熟の筆で描く当代最高の時代小説。
い-4-42

池波正太郎
鬼平犯科帳　全二十四巻
火付盗賊改方長官として江戸の町を守る長谷川平蔵。盗賊たちを切捨御免、容赦なく成敗する一方で、素顔は人間味あふれる人情家。池波正太郎が生んだ不朽の〈江戸のハードボイルド〉
い-4-52

宇江佐真理
幻の声　髪結い伊三次捕物余話
町方同心の下で働く伊三次は、事件を追って今日も東奔西走。江戸庶民のきめ細かな人間関係を描き、現代を感じさせる珠玉の五話。選考委員絶賛のオール讀物新人賞受賞作。（常盤新平）
う-11-1

海音寺潮五郎
戦国風流武士　前田慶次郎
戦国一の傾き者、前田慶次郎。前田利家の甥として幾多の合戦で武功を挙げる一方、本阿弥光悦と茶の湯や伊勢物語を語る風流人でもあった。そんな快男児の生涯を活写。（磯貝勝太郎）
か-2-42

加藤　廣
信長の棺（上下）
消えた信長の遺骸、秀吉の中国大返し、桶狭間山の秘策――。丹波を訪れた太田牛一は、阿弥陀寺、本能寺、丹波を結ぶ〝闇の真相〟を知る。傑作長篇歴史ミステリー。（縄田一男）
か-39-1

北方謙三
杖《じょう》**下**《か》**に死す**
剣豪・光武利之が、私塾を主宰する大塩平八郎の息子、格之助と出会ったとき、物語は動き始める。幕末前夜の商都・大坂を舞台に至高の剣と男の友情を描ききった歴史小説。（末國善己）
き-7-10

（　）内は解説者。品切の節はご容赦下さい。

北原亞以子
恋忘れ草
女浄瑠璃、手習いの師匠、料理屋の女将など江戸の町を彩るキャリアウーマンたちの心模様を描く直木賞受賞作。表題作の他、「恋風」「男の八分」「後姿」「恋知らず」など全六篇。（藤田昌司）
き-16-1

佐藤雅美
八州廻り桑山十兵衛
関八州の悪党者を取り締まる八州廻りの桑山十兵衛は男やもめ。事件を追って奔走するなか、十兵衛が行きついた、亡き妻の意外な密通相手、娘の真の父親とは——。（寺田　博）
さ-28-1

司馬遼太郎
坂の上の雲（全八冊）
松山出身の歌人正岡子規と軍人の秋山好古・真之兄弟の三人を中心に、維新を経て懸命に近代国家を目指し、日露戦争の勝利に至る勃興期の明治をあざやかに描く大河小説。（島田謹二）
し-1-76

高橋克彦
だましゑ歌麿
江戸を高波が襲った夜、当代きっての絵師・歌麿の女房が殺された。事件の真相を追う同心・仙波の前に明らかとなる黒幕の正体と、あまりに意外な歌麿のもう一つの顔とは？（寺田　博）
た-26-7

津本　陽
柳生十兵衛　七番勝負
徳川将軍家の兵法師範、柳生宗矩の嫡子である十兵衛は、家光の密命を受け、諸国を巡り徳川家に仇なす者を討つ隠密の旅に出る。新陰流・剣の真髄と名勝負を描く全七話。（多田容子）
つ-4-57

永井路子
乱紋（上下）
信長の妹・お市と浅井長政の末娘・おごう。三姉妹で最も地味でぼんやりしていた彼女の波乱の人生とは。二代将軍・徳川秀忠の正室となった彼女の運命をあざやかに映し出す長篇歴史小説。
な-2-46

畠中《はたけなか》　恵
まんまこと
江戸は神田、玄関で揉め事の裁定をする町名主の跡取・麻之助。このお気楽ものが、支配町から上がってくる難問奇問に幼馴染の色男・清十郎、堅物・吉五郎と取り組むのだが……。（吉田伸子）
は-37-1